若者よ、猛省しなさい

下重暁子
Shimoju Akiko

a pilot of wisdom

JN177739

目次

第三章　若者よ、出会いを大切にしなさい――65

第一章　若者よ、早く独り立ちしなさい

若者とは何か

いつまでも「若者」気分の人たちへ

扉の向こうで、一斉に歓声があがる。同時にいくつかの声が層をなして襲いかかってくる。

「うるさい!」とどなりたいところだが、和風レストランの他の客も顔をしかめるだけ。店員が寄ってきて「すみません、賑《にぎ》やかで……」と言うが注意する気配はない。

奥の個室から、若い男性が出てきた。そのときちらりと見えたのだが、同じような背広姿のサラリーマン。上衣を脱いでいるのもいる。十人位だろうか。

「あはははは……」扉があいたので余計響く。なぜ声を合わせて同じところで笑うのか。波のように押し寄せては、引き、又やってくる。およそ三分に一回。

断っておくが、私は神経質な人間ではない。他人の事はどうでもいい方なのだが、気味悪いのだ。成人した若者が、なぜ声をそろえて一斉に笑うのか。上司の言葉に同調して笑うのか。誰か音頭でもとっているのか。

欧米ではあまりこういう光景は見かけない。パリのカフェなどで朝から夜遅くまで陣取って若者が喋《しゃべ》っているが、彼等は、我先にと喋り、早口で相手をねじ伏せようとする。言葉が戦車砲のように飛び交ってよくぞあんなに喋る事があると感心するが、笑うなど滅多にない。しかも声を合わせて笑うなど……。

なぜ笑いを頻発するのか。笑いとはごまかしのポーズだ。若者はいくら議論してもいいが、笑いでごまかしてはいけない。議論すべき自分の言葉を持たないから、笑いで同意を示す。

テレビのバラエティ番組には、笑うための若者が、二、三十人用意されている。階段状の場所に腰かけ、お笑いタレントの言葉に合わせて笑う。いわば効果音だ。レストランの扉の奥の騒音も、その場を盛り上げる効果音なのだろう。

かつては女の団体さんの笑い声が気になった。最近は男がうるさい。女は一部のおばさんを除いて総体的に静かになった。

「みんな一緒」に価値を見いだし、人に反撥《はんぱつ》しない素直な若者が増えたのだろうか。男の声は大きくて力がこもっているから始末が悪い。我先にと発声して周りを見ていない。男女が交ざっていれば少しは意識するのだろうが。

かつてはひそかに抜けだしてくる男や、最初から参加しない男など、ひねくれ者や、まがりくねった男がいたものだが……。女はそんな孤を漂わせた男に惹《ひ》かれた。

自分を客観的に見るには孤になって他人と離れてみなければならない。

「個性の個の字は、孤独の孤の字」と私はつねづね言っている。孤《ひと》りになるところから個は育ってくるはずだ。

誰かと連なって、仲間外れを怖れ、一緒に行動する、その気味悪さに気づかず、同時に、同じところで笑う。彼等は外界しか気にしていない。自分の内側に深く降りていって自分とつきあい、自分を知る勇気に欠けている。

若者とは悩み多き存在だ。社会とのギャップにとまどい、自分で考え、自分で決断を迫られる。私自身を考えても、高校、大学、そして社会人になりたてが一番辛《つら》かった。人とうまく話せず一人にこもりウツ（当時はノイローゼと言った）状態で精神科医を訪ねたら、どこでも「正常」と言われがっかりした。今の若者たちは、家族から、社会から甘やかされて大きな顔が出来、街はどこも若者に占拠され、大人の居場所がない。

若者とは、個の熟成期である。そのあとの人生、個として生きるか否か。ワインも熟成の仕方によってうまくもまずくもなる。

熟成しそこなうのを未熟と呼ぶ。

ますます遅れる「巣立ち」のとき

動物の巣立ちを見ていると冷酷にすら思える。巣立った子をかえりみるどころか、近づくと追い払おうとする。子の独り立ちを促すためだ。

人間はなかなか巣立たない。いくつになっても親にべったり、親もまた手放すのは淋《さび》しく、心もとなく、どちらも甘えている。現状維持で、変化を好まない。なぜか。楽だからだ。母と息子が友達の様に買物や映画に行く、ママッ子男子も増えているという。

親の元にいれば、住居費もいらず、食費だって安くすむ。親の方も、今の時代、子供は少ないから、そのままいてくれれば安心だ。年をとっても介護の心配もない。

「いつまでもうちにいて困る……」

などと言いながら、頬はゆるみっぱなし。

というわけで、いわゆる親の元を出ていかないニートは増える一方だ。

私の知人の息子もその典型だった。離婚して母子家庭だったが、彼女が大学の事務で生計を立て、息子は三十過ぎても働かない。定年になって彼女は決意した。住所を京都に移し、自分の人生を生きると決めた。

思い切った行動だったが、息子は一人東京でアパートを探さねばならず、バイトを重ね収入を得る方法を会得したらしい。一年以上経ったとき、上京したら、鮨《すし》をごちそうしてくれたと嬉《うれ》しそうだった。

子供の巣立ちを促すのは親である。今は親の方が離れたがらない。

成長とは何か。親を乗り越えていく作業である。かつて子沢山の頃は、将来家を継ぐ長男を残して、あとは養子に出されたり、家を出ていく運命にあった。否応なく自立せざるを得なかった。

今は誰も出ていけと言わないから、楽な方を選ぶ。家族も真綿でくるまれたような仲よしこよし、親と子は友達同士で、軋轢《あつれき》も起きない。

子供にとって最初に遭遇する権威は親である。学校に行けば先生、社会に出れば上司、だろうか。親は子供にとってある時期から目障りな、目の上のたんこぶになる。

言う事をきいていれば、いい子であり、親は管理しやすい状態を維持したい。しかし子供は、自分に忠実なら、必ず親と衝突するはずだ。価値観の違い、意見の違いを認めず、親が押しつけるものには、ことごとく反撥する。いわゆる反抗期。それこそ個の目覚めであり、大切に育てるべきものなのだ。押し潰したり、親の意見を押しつけてはいけない。最近、反抗期のない子がいるというが気味悪い。自我が芽吹いていないという証拠なのだから。

我が家では、戦後軍人だった父が公職追放になり、反抗期の兄と価値観の違いから幾度もけんかになり、「あわや」という場面もあった。

決定的な事態を避けるため、兄は東京の祖父母の許《もと》に預けられ、私も進学校の高校に通うべく家を離れて寄留した。今、殺人事件は家族間、特に親子が多いというが、想像に難くない。

私たち兄妹は勝手に家を出て巣立ったのだ。その意味では素晴らしい環境だったと言えるかもしれない。

親は子供を自分の持物か所属物のように錯覚してしまい勝ちだ。期待を押しつけ、いい学校や結婚、就職をのぞみ、叶《かな》えられれば自慢し、叶えられなければ不平不満をぶつける。期待は他人にすべきではない。家族といえど、自分以外の人は他であり、それぞれ違う個体なのである。

期待は自分にするべきで、やるかやらないかの責任も自分に帰結する。

私は敗戦後、周りの大人の変貌《へんぼう》ぶりに、自分一人は自分で食べさせ、自分で考え、自分で選ぶと決めた。経済的、精神的自立が自由に生きる基礎だと覚《さと》ったのだ。

仕事が出来て、家庭を持って「一人前」は本当か

就職して、結婚すると、若者は、一人前の男、一人前の女と認められるという迷信はいつ頃からはじまったのだろうか。定着したのは、明治以降だと思える。父、母、子供という役割分担で家族がとらえられるようになり、「家」が個人の上に大きくのしかかり、家

を継ぐことが国家繁栄の礎となってからなのではないか。

江戸期には、腕一本で生きる職人たちが長屋に暮らし「宵越しの金は持たねぇ」とイキがっていたし、更《さら》にさかのぼれば、平安朝は妻問い婚が一般的で、一夫一婦制で一家を構え、主《あるじ》が一家を養っていたわけではなかった。戦国時代など、戦に明け暮れ、農民も郷士と呼ばれて、一朝事あるときには、鋤《すき》や鎌を刀に持ち替えて戦場に参加する。刹那《せつな》刹那に生きざるを得ず、国が個人や家庭を管理する時代は、官僚制度の出来た明治以降なのではないか。

貧しくとも庶民は江戸期など自由で、個人がその能力を生かしてのびのびと生きられた気がする。だからこそ様々な文化が花ひらき、今の生活の土台を作ったのだろう。浮世絵、落語、俳句、歌舞伎、才能ある人物が輩出した。

明治になってからは、すべてが窮屈で、手本に合わせなければならない。国にとって都合よく管理しやすいからで、戦後七十年再びそうした押しつけが吹きだした。

先日菅《すが》官房長官が、福山雅治の結婚について問われ、世の女性たちがこれで子供をつくろうと思ってくれればいいと発言した事などがいい例だ。

今の時代、なにも家庭など持たなくとも自分の才能を生かし自由に生きられる。男同士、女同士でもいい。気の合ったものが一緒に暮らそうと、一人で生きようと、自分で選べばいい。

朝日新聞で、夏目漱石の『こころ』や『それから』など連載しているのを久しぶりに読んで、気づいた事がある。主人公は、みな家と戦っているのである。『それから』の主人公は、父や兄や兄嫁から、やいのやいのと結婚を迫られ、家にとって都合のいい娘との見合いを強要され、結論を急がされる。漱石とおぼしき主人公は、あまりのうるささに、いやいや受け入れそうな気分になるときもある。結局、友人の妻であるかつての恋人につき進むのだが、いわば命がけ。人生を賭け、今の生活のすべてを失う事にもなりかねない。

島崎藤村は、詩人として出発するが、小諸《こもろ》時代、教師として就職し、結婚する。教え子を愛した恋多き藤村が結婚したのは、意外にも函館の女性であった。

子供も三人生まれ、小諸は、その意味で土台となった時期、やがて散文に手を染め、小説『破戒』を書いた。

では藤村はそれで落ち着いたかというと『新生』のヒロインのモデルになった、兄の娘つまり姪《めい》を愛するようになる。

〝家庭を持って落ち着く〟などとんでもない。個人の自由は奪われ、制約ばかり多くなる。確かに、就職と結婚によって、人は現実と直面する破目になる。現実を知って一人前になるのだとしたら、夢を追いつづける人はどうなるのだろう。自由を尊ぶ人は、家庭を避けて通るしか方法がない。

若者よ、自ら好んで制約や管理のただ中に飛びこむ必要はない。冒険をしよう。少なくとも自分の意志で。間違っても、親や世間や国の都合で自分の人生を選んではならない。「落ち着く」など、棺《ひつぎ》を覆うときで充分ではないか。

若者は「これからの人」「感受性が滲みでる人」

この年になって、自分は若い頃と全然変わっていないと気づいた。物の感じ方、とらえ方など、幼い頃から出来あがっていた気がする。小学校二、三年は結核で毎日寝ていて、天井ばかり見ていたので、天井板の一枚一枚が様々な絵になって、あるものは、夜中、一つ目の化物になって襲いかかってきたし、無数の胃壁のような襞《ひだ》が押し寄せてきた。息がつまりそうになったとたん、白く首の長い鳥の姿に変化してほっとする。しばらくすると同じ事を繰り返す。

そんなある日、天井板の片隅に、一匹の蜘蛛《くも》を見つけた。巣を張ろうとしているらしい。うつらうつらして目をひらくと、立派な巣が天井と欄間《らんま》にまたがっている。どんな獲物がかかるか。網の隅に身を隠した蜘蛛同様、息を潜めて私は待っている。

小学校の夏休み、私は宿題の自由研究に「蜘蛛の生態」と題して観察結果を書いていったら、先生はじめ友達から気味悪がられた。

病気だった私の目に触れるものは限られていて、今でも蜘蛛を見かけると懐かしくなる。とりわけ雨にぬれた蜘蛛の巣は美しく、滴が玉になってころがり落ちる。

南米のパラグアイを仕事で訪れた際、イグアスの日本人移住地に向かう道すがら、真紅や青の美しい編物が板に張られて並んでいる村があった。「蜘蛛の巣編み」というその編物を自分の土産に買った。

自分の好きなものや趣味も、幼い頃に決まってしまう気がする。

だから感受性豊かに過ごしたい。私は病弱だったせいで妄想に事欠かない生活を送った。

絵描き志望を果たせなかった父の書斎はアトリエで、西洋の画集や『みづゑ』などの絵の雑誌、石膏《せっこう》の首や上半身、画架の上の描きかけの油絵など、眺めるものはいくらでもあった。私の一番気に入っていたのは、アンリ・ルソーの絵「眠れるボヘミア女」など、不可思議な構図が様々な夢へと誘ってくれた。

小説本もところせましと書棚にあり、読めもしないのに、芥川龍之介や太宰《だざい》治など、ただページをめくるだけで楽しかった。

すべては今に通じている。好きなものは変わらないし、感じ方も共通している。違うのは興味を持つ対象がひろがって、面白がる幅が増えた事である。

昔読んだ本を今読むと、違う感想を持つときがある。年をとって方法論は変わったといえる。深くも広くもなったかもしれないが、根本は変わっていない。

自分が持って生まれた感受性とはどういうものか。自分は何に興味があり、どういう人間なのか。それを知ろうとするのが中学、高校、大学という若い時期である。自分を知る。私は「自分を掘る」と言っているが、なぜなぜと自分に問いかけ、自分を掘っていき、自分が何を考え、何に感動するのか、つきつめれば自分とは何かを知る……そのために時間をどれだけ費やしたかが、その後の大人としての熟成度を決めるのだと思う。好きなものや、やりたい夢がないという人に私は、中学、高校、大学時代に戻るようすすめている。最も感受性が強いときだから。

若者とは感受性の滲《にじ》みでた、これからの人なのである。

「子育て」が生んだ日本の若者と「個育て」で生まれたフランスの若者

誰も親を選んで生まれてくることは出来ない

自分の生について、若者なら一度は考えたことがあるだろう。なぜ生まれてきたのか。ありがとうという人もいるだろうが、ペシミスティックにとらえるのが、若者の特徴ではないだろうか。文学作品にもそれははっきりと表れていて、自分の生についての疑問と悩み、そこに立ち向かうのは、人生の一大イベントである。ゲーテの『若きウェルテルの悩み』、三島由紀夫の『仮面の告白』など、多くの作品が存在する。

自分はどうやって、なぜ生まれてきたのだろうか。両親にとっては、それが意志であり、確固とした希望だったかもしれないが、生まれてきた子供にしてみれば、何の意志も存在せず、親の意志と希望の結果としてこの世に出生しただけだ。

「なぜ私を産んだの?」

こんな古典的な問いを私も母に投げかけた。古典的だが、いまだに何の解決もみていないところをみれば、今も新しく存在していることに変わりはない。

「両親が私を産んでくれて、感謝する」という言葉を、私は信じない。本当にそう思っているのだろうか。自分に言いきかせ、そう思いこませなければ、この先、生きつづけられないからではなかろうか。

生まれてきた小さな個体には、意志がない。いやそうなのか。ならばなぜ赤子は「オギャー」と大声で第一声を発するのだろうか。あの声は自己表現以外の何ものでもない。

母の胎内に宿った芽が、十カ月という長い間、暗渠《あんきょ》に満たされた羊水の中を漂いながら、徐々に大きさを増し、ついにこの世に出てくる。その間、私という意志は作られつつあったのだろうか。

三島由紀夫は、自分の誕生の瞬間を憶えているという。それは多分に、後年想像し作りあげたものだろうけれど、その芯《しん》になる一種の感情は、個体の中に芽生えていたに違いない。

三島由紀夫に限らず、誰もがどこかにその記憶を残しているはずなのだが、生まれて以後の日々が忙しすぎて、忘れてしまったに違いない。あまりに憶えることが多すぎて、忘れ去ってしまうのを「憶えていない」「記憶にない」というのではないか。政治家がよく使う「記憶にない」は方便でしかないが。

私についていえば、何かの瞬間に、思いだすことがある。古代の天皇陵などを囲む柵《さく》のつけられていない古い濠《ほり》の土手で春先、うたた寝をしたときに見た陸続として出番を待っている草の芽、川原で拾った砂と同色の千鳥の卵を掌《てのひら》に包んで帰宅する途中、卵が破れて、どろりとした中味が指の間を這《は》う生ぬるさ……どこかで知っていた感触なのだ。

私は逆子《さかご》で生まれてきた。へその緒が首に巻きついて危なかったという。生地は父が転勤した宇都宮。闇の中で赤子の私は一人寝かされ、すさまじい雷鳴に怯《おび》えていたのを憶えていると言うと、父や母は、大人の話をきいて思いこんでいるだけだろうと言うが、恐怖の感覚は原始的で、幼子にしみついていても不思議はない。

私が生まれたのに母の強い意志があったと知ったのは、結婚前の父と母が交わした百通近い手紙の中でだった。二人共再婚で、父には三歳の男の子がいたので、母はその子を理解するためにも、自分の子を産みたい、それも女の子をと指定している。私への人並み外れた思い入れの深さはそこに起因している。

私は私の意志で生まれたのではない。母の強い意志の下、せめてもの抗《あらが》いのしるしに、逆子で生まれたのだ。強い母の意志の下に成長するのを拒んで、父や母に盾ついたに違いない。

子供は、親を、家族を、環境を選んで生まれることは出来ないのだ。それを宿命という。

日本の子育てとフランスの個育て

生まれてから三歳位までの環境が、その人の一生を運命づけるといわれる。

その間、子供とコミュニケーションを持つのは、日本ではほとんどが母親、育児に携わるのは女である。母子中心で、そこでは男は捨てられている。たまに風呂に入れたり、外に遊びに連れだすだろうが。日本で男が育児にかかわるようになったのは、ごく最近である。育児休暇の制度はあっても、実際にそれを行使する男性の数は限られている。父はその点で孤独であり、同じ家に住んでいても、あまり一緒に子供と過ごさない。

それが長く続くと家族の中で歯車が嚙《か》みあわなくなり、お互いに興味を持たなくなる。父の役割としては、経済面がほとんどで、外で働いて、家の仕事いわゆる家事や育児は女に任せて、ほとんどしない。

その間にべったりと母と子の関係が出来あがって、「可愛《かわい》い可愛い」と情感が先走り、いつまでも離れられず、子育てに熱心なあまり個育てがおざなりになってしまう。

あげくの果てに、母と子が一緒になって父を馬鹿にする。

「お父さんみたいになっちゃ駄目よ」という科白《せりふ》は、父親が家庭で居場所を失《な》くしている証拠である。

フランス人が日本の家庭を見ると実に不思議に思うらしい。私は二〇一四年パリの日本文化会館で、藍木綿《あいもめん》の筒描《つつが》き展を三週間ひらくにあたって、フランス人男性に仏語の個人レッスンをしてもらい、その後も月に一、二度、勉強を続けている。そこで日本とフランスとの家族の違い、男と女の違いなどについて話をする機会があった。

四十代で日本人の妻と小学生の息子を持つ彼は、フランスではすべての仕事が男も女も平等だという。二人共外で仕事をする夫婦が多く、家事は夫婦二人で分担する。

子供の躾《しつけ》についても同じである。生まれてからしばらくは、ベビーシッターや母親が多く接しても、六、七歳になるまでは、人間になるべく厳しく躾けられる。子供は、動物と同じだと考え、いけないことはいけないと身体で憶えさせる。駄目！　と言ってきかなければ、お尻をたたいたり体罰を加えたりする。問答無用。この期間は子は親に従うべきであり、社会に一人前の人間として巣立っていく基礎を学ぶのだ。

そのかわり、学校という一種の社会に通うようになったら、親はあまり面倒を見ない。子供は自分で学び、出来る子はどんどん伸びてゆき、出来ない子は、自分で気づくまで落ちこぼれである。学校の先生も、無理に子供に押しつけず、あくまで子供の自主性に任せる。

フランスの子供は、社会の中で早く一人前に成長せねばならず、大人になるために自分で考え自分で選ばねば何事も進まない。日本のように面倒見がよく、家族も誰も助けてくれる環境ではないから、早くから自分という個と向きあわざるを得ない。子育ては家庭や学校がしてくれるわけではなく、個である自分が作りあげてゆくものなのだ。

「日本の社会は、子供っぽい」

とフランス語の先生は言う。親が子を守りすぎ、大人から監視されている。子供もそれが当たり前になって、個として自立出来ない。

彼の妻はフランスでは自由に働いていたが、子供が生まれたら、日本人に戻ってしまったそうだ。完全に日本の母親の育て方なのだ。

「子供の将来を考えたら、親は可愛がるのを我慢する必要があるのではないか」と彼は言う。

若者よ、愛されて育った若者たちよ。どこかで親や家族に頼ってはいないか。いつでも帰れる場所から離れられず、ラクをして個になるのを避けてはいないか。胸に手を置いて考えてみよう。

愛の概念は日本に定着したか

子供たちが巣立って、しばらくの間、淋しさをかこっている知人が多い。

「膝《ひざ》が淋しいのよネ。結局耐え切れなくなって小型犬を飼ったの」

私は子供がいないが、なんとなくわかる気がする。私の場合、子供を作らなかったので最初から子供がいない。

「お子さんがいなくてお淋しいでしょう」

と言われるが、いないのが当たり前だから淋しさなど感じたことがない。自分で選んだのだから当然である。

いるものがいなくなったら、あったものが失われたら、こんなに辛く悲しいことはない。それはよくわかる。私の家には子供のときから猫がいて、それも迷いこんできたり、家の入口で待ち伏せされそのまま抱いて入ったり、友人が連れてきたり様々だが、いつも一緒に暮らしていた。その猫たちが居なくなったり、死んだりしたときの空しさといったらない。特にマンションのベランダから落ちて死んだときは、私は実体のない「影のよう」になり、ベランダにぼんやり佇《たたず》んでいた。愛するものを失う喪失感をいやというほど味わった。

都心のマンションでも、エレベーターの中などで主と散歩に出かけるペットに出会う。子供が巣立った家庭や一人暮らしの人に多い。

愛するものを失うという大きさは計りしれない。失恋にも増して、子供の巣立ちはショックを与えるかもしれない。生まれたときから愛情を注いで大きくしたのだ。思い入れは恋人や夫の何倍もある。

その愛とは何か。よく考えてみると親から子への一方的愛とは言えないか。子は選んで希望して生まれたのではないとすれば、親から子に対する愛は、時によっては迷惑ですらあるかもしれない。

こうした一方的なものを愛というのだろうか。

愛という概念は、もともと日本的なものではない。文学作品を見渡しても、恋や惚《ほ》れるなどの言葉は、『万葉集』の昔から散見するし、その感情は実感として胸にある。

けれど愛となるとどうだろう。私自身は愛という言葉をあまり使わない。よくわからないからだ。はっきりとした概念を言い当てられず、「そうか」と膝を打つまで一拍の間がある。

なぜだろう。もともと日本には愛という概念がなく、明治時代になって外国から入ってきた考え方だったからではなかろうか。欧米には、キリスト教の影響もあり「愛」が長い間育てられ根づいていたと思われるが……。

「愛」という言葉を初めて使った文学者は、石川啄木《たくぼく》と高村光太郎だという。日本近代文学館名誉館長で詩人の中村稔氏の書物から知ったのだ。

啄木には節子という愛妻があり、光太郎には『智恵子抄』で有名な智恵子がいる。二人の女性は、病気勝ちだったり、精神を病んでしまったり、果たして幸せといえたかどうか。啄木や光太郎の愛を受けとめるには、同じ位の強さがなければ出来ない。それを啄木と光太郎はわかっていたのだろうか。自分の愛に確信はあっても、それが相手にどう受けとめられるか想像出来ただろうか。

愛とは一方的なものではない。相手の立場を考え、両者によって成立し、育てられるものなのだ。

啄木や光太郎の愛は、日本で愛という言葉がまだ未成熟だった時代、女性の立場を的確に把握出来ていなかったように思う。

同時に親の愛も、親にとっては確固とした存在であっても、子供の立場を想像出来ないものになってはいないだろうか。

いや親自身も自分の愛の実態をわかっていないかもしれない。愛という言葉に酔って確かめもせずに「愛している」のかもしれない。

それが子供にとってどれほど負担でも重荷でも、「愛」の名の下に美化される。

親と子の間に起きる様々なすれ違いは、二人の間に存在する不消化な「愛」が要因かもしれない。

社会からの預り物はさっさと返そう

産む立場である親にとっては、自分たちの意志の結実である子供という存在は、どう考えても自分の子供である。自分の子供であるということは、下手をすると、自分の持物であり、いつまでも自分とつながっている親しいものに違いない。

宿命的な結びつきのあるものだと考えても無理はない。

どうやれば、客観的にその対象物を見ることが出来るのか。個としてつき放してしまえるのか。難しい問題に思える。

フランス語の先生と私が欧米と日本の家族関係の違いについて話しあう中で出てきたのが、社会性の問題だった。

家族も又社会の一員であり、社会を構成する大事な要素だと考えると、私なりの答えが出てきたような気がする。

それは、子供は親から生まれるが、特定の親の腹を借りて生まれても、いずれは個として一人前になり社会に戻される。

子供は、社会からの預り物といえるのではないか。誰の下に生まれるかは別として、どこへ生まれたとしても一時、社会からお預りしていると考えれば、余分な執着はなくなるのではないか。子供への過度な期待や負担もかけずにすむかもしれない。

「社会からの預り物」だとすれば、社会に通用する立派な個人に育てあげて、社会にお返しする。そのためにも、躾は厳しくなければならない。恥ずかしい人間や他人に迷惑を及ぼす人間に育ててはいけない。

そのためにはいつまでも手元においてはいけない。学校にあがる頃からは、自分で考え、自分で解決し、学校の成績も、親や先生が関与するのではなく、出来る子はどんどん伸び、落ちこぼれたら自分でなんとかするしかない。

欧米では日本のように手をとり足をとって面倒を見てはくれない。韓国や中国の受験風景など親のみならず、警察までも受験生が時刻に間に合うよう協力するのは、微笑《ほほえ》ましいを通りこしてバカバカしく映る。

社会からの預り物はさっさと社会に戻す。そう考えると、執着や、淋しさは、減るのではないか。

若者の方も、社会的生き物であると自覚するなら、基礎的な訓練が終わったら、社会に戻されても文句は言えないだろう。家から放りだされる覚悟はきちんと持っていなければならない。それを一人前になったとして、喜ばなければいけない。

欧米の子供は早く大人になりたがるという。言葉を換えれば、早く個になることが求められているのだ。

社会からの預り物を大切に育て、社会に戻す。それが子供を育てることなのではないか。そう考えると、家族という私にとっての大きなテーマの処方箋《しょほうせん》も見えてくる気がする。

社会からの預り物、神からの預り物、天からの授かり物といってもいいかもしれない。預った物は返すのが当たり前。そのための義務と責任はきっちり果たした上で。若者たるもの、ためらってはいけない。放りだされる覚悟を持って、自ら、社会に戻っていく勇気を持って、前に向かって進んで欲しい。

第二章　若者よ、個を強く持ちなさい

若者は抵抗すべきか

学生運動の時代を生きた若者たち

一九六〇（昭和三十五）年六月十五日、私は名古屋にいた。前の年、NHKにアナウンサーとして入局、名古屋に転勤した。転勤はほとんどが男性のみで、女性はアナウンサーだけ。一年先輩の野際陽子さんが、同じ寮の隣の部屋にいた。

岸首相の宿願だった日米安保条約改定の強行採決に対して、学生も労働者たちも大規模なデモを組織し、東京をはじめ、大都市中心に集会とデモが行われた。いわゆる六十年安保である。

すでに大学を卒業していたために、学生デモに加われない空しさを晴らそうと、NHK名古屋局の有志で、栄《さかえ》町からテレビ塔をまわって小規模ながらデモをしようと、みんなで話しあった。昭和区の荒田町にあったNHKの独身寮荒田寮にいた東大出のディレクターが中心であったと思う。私も野際陽子さんも参加を決めていた。夕方、日放労の人たちと共にテレビ塔下に集まった。当時NHK名古屋中央放送局は、テレビ塔の真ん前にあったのだ。

「安保ハンターイ！」

最初は声も小さかったが、徐々に人数が増え、白川公園に向けて出発した。

私は早稲田大学時代にはノンポリで、活動家の友人から白い目で見られていたが、就職と共に社会の矛盾に目覚め、自分に出来ることはしたいと思っていた。いわば「遅れてきた心情左翼」だったが、公共放送であるNHKでも有志が仕事にさしさわらぬ範囲で行動することが出来た時代だった。

放送局のテレビ画面では、東京・国会議事堂前の様子が報じられていた。装甲車が並び制服姿の警察官が守備を固め、ハチマキ姿の学生たちがスクラムを組んで突進していた。私たちはその列に参加出来ぬもどかしさの中にいた。

夜も更けた頃、一報が飛びこんできた。女子学生の一人が死亡したらしい。激しい衝突の中で、当時東大四年生の樺《かんば》美智子さんが犠牲になった。その衝撃的な事実は、デモに参加していた私たちを大きくつき動かし、岸政権への反対運動は一層激しさを増し、ついに岸首相を退陣に追いこんでいく。

あのとき私は二十四歳だった。やむにやまれぬ気持ちとその場に参加したい思いでいっぱいだった。学生時代、妙にさめていた私をつき動かしたものは、今の若者にとっても同じだと思う。権力の一方的な独走にせめてNOをつきつけたい。あの時代、賛否は別として、何らかの形で運動に携わらなかった若者はいないと思う。

若者は、自分たちを管理し、危険な方向に持っていこうとするものに対して敏感に反応する。若いということは、大人たちの既成の価値観を破って自ら主張をして伸びていく……それはいつの時代でも同じだと思う。

体制に疑問を持ち、声をあげる。個人として、あるいは集団として、反骨こそ若者の特権である。六十年安保はそれ以後続く政治の季節と学生運動の幕あけであった。

学ぶ意欲と「抵抗」の矛盾

七十年安保に向けて、学生運動はピークを迎えていた。私はNHKを九年で辞め、民放のキャスターをしていた。しかし自分の勉強不足にいや気がさし、もう一度学ぶべく、早稲田大学の大学院に通いはじめていた。面接試験だけで特殊学生として受け入れられた。もともと国文学科だから古文を学ぶつもりだった。

仕事を続けながらやっと大学に行くと、校門の広い階段辺りから立看《たてかん》がぎっしりと並んでいる。その間を縫って教室に辿《たど》りつくとそのたびに休講で、結局続かずに辞めてしまった。授業など受けている方が、恥ずかしい時代だった。

東大全共闘議長だった山本義隆《よしたか》さんは、一九六〇年代、物理学と数学を学ぶために大学に入った。彼は、大阪府立大手前高校で、私の五年後輩にあたる。当時はノンポリだったといい、将来を嘱望される物理学者の卵であった。

六十年安保では、闘ったというより参加していただけで、吹っきれない思いと負い目が残ったという。その後、国家に利用される理工系ブームの中、大学の自治を守るための大学管理法闘争を経て、東大医学部と青医連との共闘に参加し、医学部闘争へ。

学校側と話しあってもラチがあかず、全共闘と医学連の学生が安田講堂を占拠し、大学側が機動隊を導入したので一気に燃えあがり、一九六九（昭和四十四）年一月、すべての会議に参加していた山本義隆さんが議長に選ばれた。

そして安田講堂が解放区になり学生に守られながらも、ついに陥落。私は出来るだけすべての現場に身を置きたくて、報道の腕章をつけ、機動隊の投げる催涙弾に涙を流しながら、てんまつを見届けていた。

その後、山本義隆さんは、マスコミの取材をすべて拒否して予備校教師でなりわいを立て、三十年の間、在野で図書館に通いつづけ科学思想史を勉強し、『磁力と重力の発見』で大佛次郎賞を受賞するなど受賞歴も数多い。

彼の中で当初めざした物理学と闘争の中で知った現実との矛盾。科学立国のめざすもの、その中で学ぶとはどういうことか。独自の視点で描き、最近になって出版された『私の1960年代』(金曜日刊)には、若者を代表して不屈の精神で反骨を貫いた跡が初めて語られている。

その中で、「抵抗」と、学ぶ意欲の矛盾をいかに彼自身の中で融合させていったかが語られている。

時流やマスコミにまどわされず、自分の感じること、考えたことに忠実に、そして勉学の面でも東大を去ってからも、独学で、自分の理論を作りあげる。その姿勢がまぶしく頼もしかった。本気でぶつかれば、学ぶ意欲と抵抗は決して矛盾するものではないことを教えられたのだ。

今時の学生は無気力なのか？

六十年代末から七十年代初頭にかけて、学生運動はピークを迎え、日本赤軍などのベイルートでの活動や、連合赤軍による仲間同士の殺害など、冬の軽井沢をクライマックスにして、悲劇的な結末を迎える。それを機に、急速に若者たちの関心は薄れ、学生運動はしぼんでいく。しかし若者たちの社会への疑問や反撥がなくなったわけではない。それは個々の胸の中に、そして志あるＯＢたちのひそかな行動の中に残滓《ざんし》を見つけることが出来た。

「あのとき、僕は日比谷公園の松本楼の横の松の木の上で、機動隊に追われて慄《おのの》いていました」

私がＪＫＡ（元日本自転車振興会）の会長をしていた頃、職員の一人が言った。あの頃、学生時代を過ごした人々は関与の差はあっても、デモの経験を持ち、懐かしげに当時を振り返る。

それは自身にとっての若さの象徴でもあり、抵抗の歴史でもあるからだ。


私も学生たちと一緒に、警官に追われ住宅街を逃げまわった記憶がある。

王子の野戦病院といっても知る人は少なくなったが、アメリカによるベトナム戦争が熾《し》烈《れつ》を極めていた頃、アメリカ軍の傷病兵のための野戦病院が、東京北区の王子にあった。

ベトナム反戦を訴える学生たちのデモが激しく、ベトナム反戦運動は学生だけでなく、多くの市民をも巻きこんでいった。べ平連（小田実《まこと》、鶴見俊輔、吉川勇一氏などが中心になった）――「ベトナムに平和を！市民連合」の会合には、私も誘われて何度か顔を出した。

アメリカの無差別爆撃によるベトナム攻略に人々は地下にもぐり抵抗を続け、今その戦跡は公開されて、私も見にいったことがある。

世界中の人々の共感を得て、ベトナムの不屈の戦は勝利に終わるのだが、日本の若者中心に支援の輪はひろがり、戦いを拒否し脱走したアメリカ軍の兵士を逃がすルートも作られていた。

野戦病院へは、私はテレビ局の実況中継のために行っていたのだが、警官に追われて逃げまどう学生たちの渦の中で、一緒にマイクを握って走りまわった。住宅の門をひらき学生をかばう一般人の姿もあった。

ジャーナリズムに携わる人間として私は常に現場にいたいと思っていたし、今もそれは変わっていない。その場に身を置き、実感する、この目で事実を見ることが何にも増して大切だと思うからだ。

若者は感受性の塊である。そのとき体験したことがいかに大きいか。社会人になっても、その目と体験は生かされている。

六十年から七十年代の若者たちのエネルギーはどこに行ったのかと言う人がいるが、私は、彼等の心の中の模索を信じている。そして私なりの結論を得た。

彼等は機会を探していたのだ。そしてボランティアという新しい場を見つけたのだ。神戸の大震災での全国から集まった若者たちの活躍ぶり、一人一人、あるいは友達を誘っての働きぶりには目を見張るものがあった。

その後、災害のあるたびに発揮され、3・11の東北の地震と津波のときもまっ先にかけつけたのは若者たちだった。若者の感受性とエネルギーを、私は信じつづけている。

日本にもあった解放区

新宿西口広場が、かつて市民の解放区だったことを御存知だろうか。

毎週土曜日、全国から集まった学生や市民、老いも若きも一緒になって西口広場で語りあったのだ。

歌を歌うもの、自分の主張を発表するもの、討論するもの、右も左もそこへ行けば何を発言してもきく人がいて、討論出来た。全く意見の違う若者と老人が語りあい、東北から来た若者と九州の労働者は、お互いに盛り上がっていた。

五月革命のとき、パリのカルチエ・ラタンが解放区になったのを真似《まね》たのかもしれないが、実に自由な雰囲気であった。誰が参加してもよかった。小ぜりあいなどけんかが起きても不思議はないのに、目にしたことはほとんどなかった。

警官も配備されていたが、人々の邪魔にならぬように目立たなかった。当局は大いに警戒したはずだが、人々のガス抜きを考えたのか、しばらくは関与してくることがなかった。

私は、「新宿25時」というドキュメンタリー番組のインタビュアーとして、毎週土曜日取材に通った。

当時、東京12チャンネル（現・テレビ東京）に、「ドキュメンタリー青春」という名物番組があって、総合プロデューサーは田原総一朗さんであった。寺山修司の劇団・天井桟敷のカルメン・マキが登場し話題になったこともあった。

この番組の一環でドキュメンタリー「新宿25時」が制作され、私はマイクを持って集まった人々、誰彼を問わず突進して、

「どこからいらしたんですか」

「今何を話しているんですか」

などなどきいてまわった。みな快く応じてくれた。

広場の外れにフォーク・ゲリラがいて、歌ったり語ったり。マイクを持ってアジっている美青年は、まだ早稲田大学の学生だった吉岡忍で、べ平連の事務局にいてべ平連の貴公子と呼ばれていた。当然、マイクを向けたし、柱の陰で話しこむ千葉県の農家のおじさん

と東京のサラリーマンにもマイクを向けた。

そして警官にも。放送後今も大切に保管しているそのフィルム（ヴィデオはまだなかった）には、とまどいながらも、私の質問に答える警官の姿と声が残っている。

そんな時代だった。あの頃はよかったなあ。まだ社会に余裕があり、誰もが発言出来る場があった。

しかしそんな天国は長くは続かなかった。「道路交通法」なる名の下に、広場に集まらぬよう足を止めると「立ちどまらないで下さい」「歩いて下さい」と言われ人々は対話の場を失った。

かえすがえすも残念だ。あの解放区こそ、日本に本当の民主主義が根づく試金石だったのに。

今も新宿西口広場を通るたび、あの光景が目に浮かぶ。

今の若者たちに見せたかった。そこに参加して自由に発言し、見知らぬ人と話しあい、考える体験をして欲しかった。

抵抗せずとも個を強く持て

今は昔に比べ、一見、自由に発言出来る時代になったように見える。

しかし目に見えない壁がひたひたと押し寄せてくる雰囲気を感じ取っている若者や市民たちは増えている。

そして今年（二〇一五年）、それははっきりと目に見える形をとった。安保法制の閣議決定から、衆参両院の通過である。

少し前に亡くなった野坂昭如《あきゆき》氏をはじめ、大橋巨泉、永六輔など戦争体験のあるものにとっては、なんともやり切れない、いつか来た道なのである。

焼け跡闇市派を名のる野坂氏は、私より六歳上、直木賞受賞作でもある「火垂《ほた》るの墓」は、アニメにもなったが、自身の体験をもとにした名作である。爆撃と焼け跡の中をさまよう兄妹、飢えに苦しみ、ついに妹は亡くなってしまう、涙と怒りなくしては読めない作品である。

「酔狂連」と称して野坂さんを中心に編集者や若手の無名作家たちが新宿や浅草を飲み歩いた中に、時々私もいた。夜中の三時頃、自宅に電話がくる。

「今から代々木まで出てきて！」

なじみの編集者からだ。酒の強かった私は、彼等と一緒に野坂さんを中心に明け方まで飲み歩いた。女は安達瞳子《とうこ》さん（花芸安達流初代）や私など、みんな若かった。

後にほとんどが著名作家になったが、野坂流反戦平和はみんなに沁《し》みこんでいた。

野坂さんは途中から体を悪くされたが、最後まで反戦の思いは生きていた。私たち戦争を知るものが、それを引き継がなければと強く思う。

頼もしいのは、二〇一五年安保法制反対に立ちあがった若者たちの輪がひろがったことだ。個人個人が思いをぶつけあい、シールズ（SEALDs）という形で毎夜、議事堂前に立ち、自分の言葉で語った。奥田愛基《あき》さんをはじめ学生たちが一人一人やってきて安保法制反対や戦争への危機を訴えた。

ネットを通じ、テレビを見て多くの人が参加した。私も現場に三度行ってみた。私はつれあいと二人ひっそりと場所をしめたが、来ている人たちは誰かに組織された人たちではなく、一人一人の個人だった。男は、かつて学生運動を経験した白髪の人もいれば、若い人たちも多かった。シールズのメンバーがかけ声をかけると、それに呼応する声がこだましたが、別に誰が発言してもよかった。芸能人をはじめ、デモなど縁遠そうな人々も多かった。女は、赤ちゃんを抱いたお母さん、真赤なマニキュアを塗ったファッショナブルな若者、私の年代に近いおばさんも一人で来ている。大学時代運動家だった私の友人もいつも参加していると言っていた。

かつての学生運動との違いは、ヘルメットにゲバ棒などなく、みな丸腰で、誰の支配も受けず、個人の意思で集まっていることだった。

変わったといえば、警察の応対もソフトになって言葉づかいは柔らかい。それなのに議事堂前から車道を装甲車がズラリとふさぎ、国会図書館の裏手までつながっているのを見てぞっとした。デモ隊の歩く道も制限されている。負けずに抗議を繰り返し、夜遅くに自由に通れるようになった。ここに一人一人参加した若者たちは覚ったに違いない。個人が自分の考えを表現していかねばならない。表現の自由こそ、憲法で私たちが手にした大切な権利なのだと。

若者とお金

若者と粋

子供の頃、お小遣いをもらった記憶がない。我が家の教育方針だったのか、子供に自由なお金を持たせなかった。必要なものは、言えば買ってくれたが。お年玉などというものも、みな親に渡して管理されていた。

そのために近所の子供たちと遊べなかった。その頃は、紙芝居がやってきて、自転車の荷台にくくりつけた飴《あめ》や駄菓子をおじさんが配るのだが、お金のない私には買えなかった。

それでも見たいので、遠くで佇んでいると、

「ただ見！　ただ見！」

と言いつけられた。

なぜ他の子は自分のお金を持っているのか、不思議であった。

お祭りに行っても、友達が綿あめを買うのが珍しく、大人になるまでに、一度でいいから食べてみたいと思いつつ、はたせなかった。

放送局に勤めはじめた頃、祭りの中継に行き、綿あめを食べたことがないと言うと、スタッフが買ってきてくれた。淡いピンクの光る糸が器械が回るにつれて盛り上がり、その形を崩したくなくて、しばらく鑑賞してから、そっとなめてみた。あの味を忘れない。

買い食いを戒められていた子供だった私は、ちょっぴり不良になった気がした。

というわけで、お金の観念には、まことにうとい。今もって、どこかで、〝金は天下のまわりもの〟と考えているふしがあって、お金があっても特段嬉しいわけでもなく、無くても、悲観することがあまりない。

「なんとかなるさ」とたかをくくっているところがあって、決して裕福に育ったわけではないのに、お金には恬淡《てんたん》としていられる。

今の時代、何かというと金、金、金。物を作るなり、自らの才能を使って文章や絵や音楽など、自己表現してみせるだけではなく、金を生みだす株やＩＴのような仕事もあるなか、時代遅れもはなはだしいと言われそうだが。

「武士は食わねど高楊枝」。代々お金が無くとも誇りだけは持っていたような家に育ち、お金がある人を羨んだこともないし、お金が無いからといって、恥ずかしいと思うこともなかった。

若者はみな、金よりももっと大切なものを持っている。若さ、矜持《きょうじ》、未来、お金が無くたって何さ。必要になったら働けばいい。健康ならなんとかなる。

おおらかで楽天的でありたい。どんな狭くて汚い部屋でも、寝るところがあって、食べる物さえあればいい。

貧しさを誇りに思い、売りにしていた若者たちがかつてはいたが、今はすべて人並みにそろっていなければ満足出来ない。物や金に支配されないのが若者の心意気だ。アメリカ的消費経済社会に組みこまれ、流されていくだけの若者からは、何も生まれない。

「宵越しの金は持たねぇ」

江戸庶民の科白だ。熊さん、八つぁんなど長屋の衆は、その日暮らし。

朝、大工は道具箱を肩に現場へ、しじみ売りは、仕入れた貝や魚を天秤棒《てんびんぼう》でかつぎ、街中を売り歩き、夕方、長屋に戻ってくる。

かかあとがきが待っている。その日一日生活するための糧を得るために身体を張って働き、それに見合う収入を得て、使い切る。その潔いこと。味噌《みそ》や醤油《しょうゆ》など足りなければ近所で借りる。ただし、命にかかわるお米の貸し借りだけはしなかったという。

粋とは心意気。若者は粋でなくちゃ！

お金くらい自分で稼ぎなさい

健康なら、自分一人を養うことは出来る。自分の喰《く》いぶちは、自分で稼ぐのは当たり前。その気力がなくては何をかいわんや。

私が小学校三年のときに、日本は戦争に敗けた。敗けたのは事実だから敗戦であって、終戦ではない。

父が軍人だった我が家の凋落《ちょうらく》ぶりは目もあてられなかった。敗戦後すぐは天下りして造幣局などに勤めた父だったが、公職追放になり、公職以外はついたことのない人で、何をやっても武士の商法でうまくいかず、もっぱら、売り喰いの毎日。

母の箪笥《たんす》から着物が消え、食物に変わっていった。作物を作っていた農家にわずかの食物を譲ってもらうために、母は超満員の買い出し列車に窓から出入りしたという。

私のお雛様《ひなさま》も売られていった。人形作りが趣味の祖母が作った特大の内裏雛が私に内緒でなくなっていた。

その後、二つとないその雛を探して歩いたが、見つからなかった。

私が暮らした大阪の、大阪城の濠の上から見ると、桜之宮方面にかけて（今は公園やホテルが建つ）広大な工場跡に焼野原がひろがり、鉄屑《てつくず》を拾う人たちの姿があった。大島渚監督の映画『太陽の墓場』の舞台でもある。

焼跡に闇市が立ち、進駐軍の払下げ物資や、得体のしれない食物を売っていた。

大人たちは、戦時中と百八十度違う価値観を恥ずかし気もなく、私たち子供に教えこんだ。そんな中で、大人への不信感ばかりがふくらみ、反抗的になっていった。これからは大人に頼るわけにはいかない。少なくとも自分一人は自分で食べさせてやらねば。それが義務だと思った。

職業さえ選ばなければ、自分一人は食べさせられる。他人を養うのでなければ……。

中学で出会った担任の女の先生は、京大出で、女もこれからは自分の仕事を持つべきと放課後に受験勉強を見てくれたおかげで、進学校の大阪府立大手前高校に入ることが出来、大学卒業後、ともかく最初に受かったＮＨＫに就職、その後、民放キャスターを経て物書きに。敗戦後に誓ったようにいつも私は、自分一人を、養ってきた。このままなんとか最後までいける目安はたっている。

ずっと自分で食べてきて言えることは、本当の自由を手にするためには、経済的自立と精神的自立が不可欠ということ。

経済的自立とは、自分一人を最低限養うこと、精神的自立とは、自分で考え、自分で決める。この二つの上に立ってこそ自由な生き方を確立出来る。そのためには手始めに自分で使うお金くらい自分で稼ぎなさい。

若者とアルバイト

二〇一六年一月十五日、長野県軽井沢で起きたバス事故は痛ましい。亡くなった十五人中、運転手二人を除き、全員が大学生であり就職も決まっている未来ある若者だった。そのうち何人かは教員志望で、塾で後輩の学生を教えていた。

今も家庭教師や塾の先生をする学生は多い。その他、店で働いたり、様々な業種のアルバイトがある。

私が大学生のときは、アルバイトといえば家庭教師くらいしかなかった。

大学からのあっせんで行った先は薬屋の姉妹。これが生意気なくせに勉強する気もなく、私の方から辞めた。その後麹町《こうじまち》にあるレコード会社社長の娘のところへ知人からの紹介で行くことになった。病気で一年休んだ遅れを取り戻すためなのだが、学習院に通う小学五年生で、頭がよくて、美しい少女だった。私も気に入って行くのが楽しみだった。理解するまで時間がかからず、後は二人で見てきた映画や読んだ本の話などをする。ほとんど遊んでいたようなものなのに、小学校の卒業時には総代になったので、家族の喜ぶこと。私は何もしていないのに、大枚のお礼をいただいた。

彼女は、大学を卒業後、さる有名化粧品会社の社長夫人になった。

アルバイトとはいえ、気が合うか合わないかでやりがいは大きく違う。私の場合、勉強というより、人間としてつながりを持つことが出来、懐かしく思える人に出会えてよかった。

アルバイトを単にお金を稼ぐための仕事と考えない方がいい。時給は決まっているから、その分働けばいいと思うより、折角なら、楽しむことを考えた方がいい。

その気になれば、ちょっとしたところに楽しみは落ちているものだ。喫茶店やカフェで働く若者も多いが、言葉づかいや態度で、客の気持ちは変わる。そこから思わぬ縁が出来ることもある。やるなら何事も楽しんでやりたい。不思議なことに楽しんでいる人には道がひらけてくる。アルバイトが無駄な時間にならないためにも。

私の場合は教えていた彼女も私と話すのを楽しんで、映画や本の話をすることで、教科書の勉強より大きい成果をあげた。

その家から帰る途中のことである。四ツ谷の駅に黒ぬりの車が私を待っていた。父と陸軍士官学校で同期だった辻《つじ》政信氏だった。私がアルバイトをして大学に通っていると知って、卒業も間近なので、放送局にいるかつての部下に私を紹介するためだった。辻氏も公職追放になったが、解除になって参議院議員になっていた。

別れ際、「これをとっておいて!」、お金ではと思ったので「父に叱《しか》られます」と言ったら、「黙っておけばいい」と言われた。押問答の末、一応、いただいて父に話したら「アルバイトの足しにと思ったんだろう。厚意だからいただけばいい」。

当時の私には思いがけない大金だった。

それから二年後だった。辻氏は戦争中に赴任していたラオスや中国南部に出かけて行方不明になった。『潜行三千里』の辻氏の行方が知れなくなったことについて父は、覚悟の上の出奔だろうと言った。

若者と奨学金

東京新聞で今年（二〇一六年）一月三日から七回にわたって「新貧乏物語　悲しき奨学金」という連載があった。これを読むと大学に行くことがいかにたいへんになっているかがよくわかる。

私が大学生の頃もたいへんだった。うちの経済情況では私立に行くのは無謀で、国立を希望したが、私の理数科系の成績では入学もままならない。そこで理数科系の試験のない早稲田大学の教育学部の国語国文学科を受験したが、その年に授業料値上げが発表され、お金が払えるかどうか暗澹《あんたん》たる気持ちになった。

合格発表のあった後で、なぜだか呼びだされて面接があった。その場で奨学金を受ける気があるかどうかきかれた。大隈奨学金という早稲田独自のもので、返還しなくてもいいというありがたい話だった。

たぶん、試験の成績が悪くはなかったのだろう。喉から手が出るほど欲しかった。それなのに、私の口から出た言葉は全く逆であった。

「とても嬉しいのですが、私より困っている人がいると思うので、辞退します」

なんということ！　今なら喜んですぐいただくものを、その頃の私は見栄っ張りだった。金に困っていると思われたくなかったのか、同情はいらないと思ったのか。これも若さ故である。若いということはよくも悪くも格好よくありたいのだ。

素直になれないで「ええかっこしい」をしたために、その後私はアルバイトに明け暮れることでやっと卒業出来た。公的奨学金を借りることはなかった。

奨学金もあれから進化したかと思っていたが、誰もかれもが大学に行く時代になって借りたものの学ぶ代償が借金一千万円になり、それを背負い就職して返金に追われたり、延滞金がかさんで退職に追い込まれたり自己破産したり。風俗ネットのアルバイト求人に応募してやっと生活する女性など、奨学金を借りたための悲劇は続く。それも母子家庭や父子家庭をはじめ、家庭が裕福でないために、せめて息子や娘は親のようにならないようにと、進学した学生たちだ。社会への第一歩にすでに借金を背負って卒業する、貧困な若者たちが増えているゆえんだ。更に正規の社員になれず、いつまでも自分一人の生活設計すら出来ない。どうしてこんなことになるのか。将来ある若者たちに無償の公的奨学金をもっと真剣に考えるべきではないのか。

若者が学ぶためのお金は価値あるお金だ。自分にかけるお金はいくらあってもいいはずだ。将来のために留学する。資格をとる。有効に金を使いたい。大学の学科の中でとれる資格、教員免許や図書館司書資格、大学時代私はいざというときのためとれる資格は全部とっておいた。

本を読む、映画を見る。音楽をきく。自分にとって価値のあることに、お金を使いたい。大学卒業後、頭角をあらわした人を見てみると、授業料を払えなくて苦労した人の方が多い。「早稲田は中退した方が一流になる」という言いつたえがある。亡くなった野坂昭如さんや永六輔さんしかり、五木寛之さんしかり、数えあげればきりがない。私のように四年で卒業などというのは、ろくなものにならない。

野坂さんも五木さんも永さんも、大学在学中から三木鶏郎《とりろう》グループに属して、テレビやラジオのスクリプトや、バラエティの構成などで活躍して、いわばアルバイトの方が忙しくて大学を辞めざるを得ず、その後作家や作詞家として一家をなした。

学生の頃から親を頼らず自分で食べていたのだ。朝鮮半島からの引き揚げであった五木さんは、血を売って暮らしていた頃もあったという。私がＮＨＫに在職中、のぶひろしという名前でスクリプトを書いていた。「夜のステレオ」というラジオの特別番組では、のぶさんの脚本で、私が語りをした。ディレクターとのぶさんは知人であった。しばらくのぶさんの顔を見なくなったと思ったら、ディレクターがモスクワへ行っていると言い、帰国した頃、五木寛之という人が『さらばモスクワ愚連隊』で小説現代新人賞を、続いて『蒼ざめた馬を見よ』で直木賞をとった。

「あれはのぶさんだよ」

とディレクターが言うのをなかなか呑《の》みこめないでいた。

みんな親に金を出してもらおうなどというケチな根性で大学へ入ったわけではない。人生の一部として大学に入り、必要ないとなれば、退学して自分の道へ進む。

親に金を出してもらって、アクセサリーとして大学に通うなどみっともないことこの上ない。覚悟を持って大学に行くなり、技を身につけるべく専門学校へ行くなり、若者なら誇りを持って欲しい。

まして、親の遺産などあてにしてはいけない。親の金は、親の金。親が使い切ってくればいい。期待などしてはいけない。一銭たりとも、もの欲し気であってはいけない。

若者たるものそれくらいの矜持を持って欲しい。

親の意思もあろうけれど、日頃から自分の考えは伝えておいた方がいい。生活、介護、楽しみ、老後を豊かに過ごしてもらうために親は親、子供は子供という考えを持ちつづけていたい。

それでも遺産が残る場合には、親の意思によって、有意義な寄付先を決めておいてもらう。

若者は、社会の中の一員であることを忘れずに、そのために学ぶ、行動することを忘れてはならない。

第三章　若者よ、出会いを大切にしなさい

若者と恋愛

運命的な出会いはあるか

一目惚れをしたことがあるだろうか。無縁であるはずの人を遠くから眺めただけで、ただならぬ胸さわぎを覚える。

この人を以前から知っている。

大学三年のときである。東京藝大の声楽科に入った高校時代の音楽部の先輩から誘いがあった。卒業演奏会をききに来ないか……と。

そこで、私は聴衆の一人として、舞台上のその男《ひと》と出会ったのだった。

シューベルトの弦楽四重奏曲「死と乙女」。四人の演奏家の向かって左端。黒く刺すような眼だった。

「あの男《ひと》は今年首席で卒業し、将来を約束されている……」

先輩の声も上の空。繊細な弦の音も頭上を通り過ぎていった。この男《ひと》は、私とは深い縁がある。理由もなくそう思い、空恐ろしくなった。古い奏楽堂の深紅色のカーテンの間から早春の光が射していた。

一年後、大学を出て放送局に就職、名古屋に転勤し、「食後の音楽」というホールでの生放送のラジオ番組を担当した。今日のゲストは誰？　と思いながら打ち合わせのため階段を上った。途中で下りてくる男《ひと》とすれ違いざま、二人共足を止めた。忘れたことのない刺すような黒い眼。昔から知っているようにお互いに微笑んだ。

一カ月後、彼の出演する演奏会が終わり、私は鶴舞にある名古屋市公会堂の楽屋口で、その男《ひと》の上衣を腕に大切に抱いて待っていた。五月の様々な花の香りがしていた。

一年後、私が東京の放送局に戻ってから、どの位会ったろう。六本木のイタリアンレストランの馴染《なじ》みのウェイターは、私たちを見ると、「今日は何の映画を見ましたか？」と言った。

ずっと後に一人でその店を訪れると、白髪になったウェイターが耳許でささやいた。

「今日は何の映画を見ましたか？」

出会ってから十年が経っていた。外国留学を見送った後、放送局への馴れた道を迷ってしまい、どうしても行き止まりから抜けだすことが出来ない。そのとき覚ったのだ。終わったのだ……と。仕事がやっと軌道に乗り、私は一緒についていくことが出来なかった。別れの日、車のフロントグラスを流れる大粒の雨と競うように、涙が膝の上へしたたり落ちた。

いい奴だった。涙が出るほどいい奴だった。あの頃の私に二度と出会うことはない。自分が無になることを知ったのは、そのときだけだ。

早春の朝、夢を見る。あと少しで二人になれるところで目覚める。もう一度目をつむって夢の続きを見る。私には反芻《はんすう》出来る恋がある。そのことが誇りである。

恋と愛の違い

恋は思いがけなくやってくる。いくら婚活をしても、友達を紹介されても、それは恋ではない。

恋は陥《おと》し穴に落ちるようなものだ。落ちたら、そこから抜けだすのは難しい。

大学時代の同級生、芥川賞作家の黒田夏子さんは、私との対談の中で言った。
「その時期を過ぎて、静かな穏やかな時間が訪れるとほっとする」と。
私は、ときめきと苦しさが交互に訪れる瞬間が好きだ。
〝ときめきは　前触れもなく　冬薔薇《ふゆそうび》〟
という句を作ったことがある。前触れもなく訪れるものをいつもどこかで待っている。
あなたは人に惚れたことがあるだろうか。恋に落ちることを惚れるという。私は惚れる
という日本語が好きだ。
惚れるという言葉は昔からあった。惚れる、恋《こ》う、慕《した》う……日本語は美しい。
それに引きかえ、愛するという言葉はこなれていない。昔からの日本語の中には愛する
という言葉は見つからない。ということは、日本には愛するというイメージが定着してい
なかったということだろうか。
軽井沢在住の作家小池真理子さんと、夏、緑陰で対談したことがある。彼女のテーマで
ある恋愛について。
その折、恋と愛の境はどこにあるかという話になった。

恋は、心の中だけのもの。そして愛は、性愛を含み、更に二人の間柄が深くなったということで一致した気がする。

黒田夏子さんが言っていた静かで穏やかなものは、その後で訪れると考えた方がいい。恋は段階を踏まねば……。若者はその覚悟が必要だ。

恋と友情

恋をしたことがない若者が増えているという。不幸だと思う。いや、心を無駄にわずらわせることがなくて幸せといった方がいいのか。

無駄なことほど大事なはずだが、それを許容するゆとりがないのか。感受性に欠けているのか。恋に落ちる勇気がないのか。

すべての理由からなのか。いずれにしろ、恋をしたことがない人は、私から見たら気の毒に思う。

なぜ恋をしにくいか。理想を描くからだ。計算や期待が先行しては、恋は出来ない。最も具合の悪いのが、恋を結婚に結びつけること。結婚は生活であり、現実そのものなので、そこから逆算して恋を考えてはならない。結婚はたまたまの結果にしかすぎない。結果などどうでもいい。その覚悟がなければ恋は出来ない。

白馬の王子様なんか迎えに来ない。馬に乗って通り過ぎていくだけだ。その光景に心ときめかせただけで幸せだと思えなくては。

私の恋人は、運命的に出会った男一人《ひと》であり、今も変わりはない。二月十四日、ヴァレンタイン・デーが誕生日という、沢山の女に憧《あこが》れられる存在だったが、私は惚れすぎていて、結婚という現実に私たちの恋を引きずりおろすことが出来なかった。今なら違う選択もあったかもしれないが、若い私は、恋愛至上主義者だった。その頃が懐かしい。

男と女の間には友情は成り立たないという人がいるが、今の時代、すべてが友情になってしまい、恋が成立しない面もある。

子供の頃から、異性がそばにいるのは当たり前、戦後、男子校女子校の多くは男女共学になり、お互いに特別視しなくなった。大学でも、女子校から来た友人たちは、うの目たかの目でボーイフレンドを選んでいたが、男女共学の高校から行った私は、妙にさめていて、興味がなかった。とは言っても、私も中学は女子ばかり。高校で男子生徒とすれ違うだけで、どんな顔をしていいのかわからなかった。

進学校で試験の度に成績が張りだされるというのに、勉強の出来る子ほど特定の異性の友達がいた。当時の生徒会長で、日銀総裁になった福井俊彦さんもガールフレンドと一緒だったし、私も音楽部のボーイフレンドがいた。彼等はストレートで東大や京大に入り、ちゃんと勉強もしていた。

その後、ちょっと心を動かした男性は何人もいるが、結局友人になってしまった。学校でも仕事場でも男たちの中に女は私一人ということも多く、年上、同年代から若い友人まで、男の友人の方が数多い。仕事上で困難な時期など、どの位彼等に助けられたろう。目に見えぬところで手をさしのべてくれたり。それもこれも一度きりの大恋愛をし大失恋をしたから、友情と恋の区別が出来るのだ。

若者よ、身も心も賭けて、自分が無になるような恋をしなさい。

現代の「一番燃える」恋

このところ不倫報道がかまびすしい。

イクメンを主張した宮崎謙介議員が、妻の出産日の六日前に女性タレントと不倫したとかで、辞職。これなど、不倫という名に値しない。ただの浮気。一種の性癖かもしれない。それに引きかえ、タレントのベッキーさんの場合は、相手の男性に奥さんがいたというだけで、必要以上のバッシング。ひょっとしたら彼女にとって本気の恋だったかもしれないのに。

恋は、ときところを選ばない。いつふりかかってきても不思議はない。たまたま恋に落ちた相手がすでに結婚していたとしても仕方ない。

それを不倫というなら、不倫の方が真剣に恋に落ちるかもしれない。

障害があるからだ。今の時代、なぜ恋がしにくいかというと、何をしても自由で障害がなさすぎるから。火花が散っても燃えあがらず、チロチロとすぐ消滅してしまったり、誰も邪魔しないから不完全燃焼で終わることが多い。

江戸時代から明治にかけて、日本は家制度が支配し、身分の違い、親や社会の反対があれば結ばれない。目先の障害を突破しなければならなかったから、いやが上にも恋の火は燃え盛った。

姦通《かんつう》罪も存在し、ほとんどの場合、死罪だった。

「恋といふもの男も女も身をかばうてなるものか」

近松門左衛門の言葉である。「心中天網島《しんじゅうてんのあみじま》」や「堀川波鼓《ほりかわなみのつづみ》」など、道行きから心中を扱った作品が多い。

その時代、恋は身をかばっては出来ない。命がけだった。

今は、罪にこそならないが、不倫に向ける世間の目は厳しい。最近はネットがあるから、俎上《そじょう》に載せられやすくなった。芸能人や有名人の場合、世間から執拗《しつよう》なバッシングまで受ける。

現代の恋の障害の最大のものは不倫と考えると、一番燃え上がるのも不倫といえる。その意味で、不倫こそ最も真剣な恋といってもいいかもしれない。

大正期に、柳原白蓮《びゃくれん》が炭鉱王に嫁ぎながら若い学生と出奔した事件や、文豪谷崎潤一郎が愛妻松子夫人と結婚するまでの紆余《うよ》曲折。自らも松子夫人も既婚者であり、二人の恋が成就するまで時間がかかった。松子夫人の実家である芦屋《あしや》の四人姉妹を描いた『細雪《ささめゆき》』は、戦時中は連載を中断され、谷崎は私家版として書きつづけた。

今の世の中、自由なようでいて、不倫という名の恋愛を面白がったり、噂《うわさ》したりするだけでは足らず、マスコミがまるで悪事を働いたかのようにとりあげ、あげくのはてに、CMのみならずバラエティ番組まですべてからベッキーさんを降ろしてしまう。恋は犯罪ではないのに。

そうした風潮が恐ろしい。もっと包み込むゆとりを持ちたい。真剣な恋を、他人がとやかく言う権利はない。人の非を見つけ、あばきだす、ぎすぎすした社会ではなく、許すことを知る寛容さを持っていたいと思う。

草食男子　肉食女子

CMで女の上司が登場するものがいくつかある。

男性社員が、女性の上司に作成した書類を見せようとする。すると女性の上司は「大丈夫、ちゃんと見たから」と目を通さない。

「えっ?」との社員の問いに、「君が頑張ってる姿をね」との答え。

かっこいい。

更に「専務、これコピーをお願いします」と男性の専務に命令。「立ってるものは上司でも使えってね」

この手のCMが多くなってきた。刑事もののドラマなどでも、女性の活躍が目立つ。名取裕子をはじめとして、沢口靖子などなど。

首相から「女性の活躍する時代」などと言われなくとも、現実は常に先を行く。私の友人知人にも組織の長として頑張っている女性は多い。それでも日本では、国会議員や企業の管理職に就く女性の数は欧米に比してまだまだ少ない。

私は六年間JKA（元日本自転車振興会）会長を務めたが、仕事先で出会うのは、ほとんどが男性。パーティーでも黒やグレーの背広ばかりが目立った。

まだまだ組織の上の方には女性は少ないが、確実に数が増え、たくましくなってきている。

「草食男子に肉食女子」という言い方がある。女が徐々に力をつけ、自信を持って仕事にプライベートに自分らしく生きているのに、男は、ひよひよなよなよとして、姿形には気を使うようになってきたが、なんとなく頼りない。

女が女子会といって女ばかり集まったり、恋もしにくくなっている一つの理由は、男たちの頼りなさにあるのかもしれない。

同年代で見てみると、以前から女の方がしっかりしていた。大学時代から就職したての頃は、私も同年代以下の男たちにまるで興味がなかった。自分より子供に見えたのだ。今はその傾向がますます強い。

かつては、豪傑《ごうけつ》と呼ばれる先輩がいたものだ。一升ビンを片手に「飲め！」と命じれば、飲まざるを得ない雰囲気を漂わせたり、あるいはひねくれ者でわが道をゆく人物など。今ははぐれ者がいない。ついていきたくなる男がいないのだ。

男たちは長年の企業戦士として戦ってきて、くたびれてきた。計算高い若者はそれを見て、無駄なことをせずに、小賢《こざか》しく生きようとする。

家では親が息子を猫かわいがり、手放そうとはせず、息子は恋をして家を出ようとする冒険をしない。ラクな方へ流れて親子でもたれ合う。女の方が独立心が強く、早く家を離れて一人暮らしをしたがる。

女は、やっと社会でも認められ、今が頑張り時、手をゆるめるわけにはいかない。キャリアを積んで経済的自立を果たしたい。

攻めの女性に対して、男の方は腰が引けている。守りの姿勢なのだ。

恋においても仕事においても既得権を守ろうとする男たちは弱い。それに比べて、自己実現の味を知った女たちの攻めの姿勢は強くならざるを得ない。

草食男子が肉食女子に食べられても不思議はない。そうならないよう均衡を保たねば、お互いが不幸になる。そのためにも若者よ、男たちよ、恋をしなさい。

若者と結婚

結婚適齢期は存在するか

かつて若い男女にとって、過酷な桎梏《しっこく》は、結婚適齢期だった。特に女性にとっては、二十代で結婚せねばというあせりを持つ人が多かった。年齢なぞに左右される人生が哀れで「くたばれ結婚適齢期」という本を書こうとしたことがあった。パンチのきいた題だと思っていたのだが、版元の社長の「下品だ！」の一声で、変えざるを得なかった。その版元では引き続いて同じことがあった。「男たちの育て方」という題で、私と担当編集者（女性）は一致していたのだが、またしても社長の「男に対して失礼だ」の一言。私は出すのをやめようと思ったのだが、編集者が間にはさまって辛い立場にあるのを見て他の題に変更した。

両方共、インパクトが大きかったはずだ。「保育園落ちた日本死ね！！！」のキャッチコピーがネットで波紋を呼ぶ今の時代なら違ったろう。

私が三十代の頃は、女性は二十四歳が一つの区切りで、その前後はみんなそわそわしはじめ仕事も手につかない状態だった。拙著『ゆれる24歳』『二十四歳の心もよう』などは二十四歳前後の女性にインタビューしてまとめたものだが、その年頃の悩みは深刻で、「想い出をつくりたい」という言葉が印象的だった。結婚したら、自由に生きられない。それまでに恋も、仕事も、旅も、想い出になることをしておきたい、というのだ。

想い出は自然に出来るものなのに、結婚前につくっておきたいとは？　いかにその後の生活が束縛に満ちたものととらえられていたか。拙著も参考に山田太一さんの脚本で『想い出づくり。』という連続ドラマが放送されて話題にもなった。

その後、結婚適齢期神話は崩れて、今はアラサーだのアラフォーだのと全般に遅くなったが、出産適齢期は、依然として生きている。子供を産むためには、二十〜三十代が生理的にふさわしいと考えられるためだ。子供を産まない選択もあり（私もその一人だが）、先頃、女優の山口智子さんが産まない選択をしたと公にして話題になったが、結婚も出産も人それぞれ、自分で責任もって引き受ければいい。

籍を入れようが、事実婚であろうが、その人が結婚したいと思ったときがその人の適齢期で、金子みすゞの詩ではないが、「みんなちがって、みんないい」。

一生に何度も適齢期のある人もいれば、一度もなくたってそれはそれでいい。自分らしく生きることが大切なのだ。

無理して他人に合わせると、自分の人生が狂ってしまう。結婚が大切な選択と思うなら、自分の心によくきいて、自分で決めることがなにより大切だ。

十五年ほど前のことだ。家に帰るとつれあいがいいニュースがあるという。映画会社社長の九十二歳になる陸奥《むつ》イアン陽之助さんが結婚したのだ。相手は、私より一つ年上の全国紙の編集者。陽之助さんは明治の元勲、外務大臣陸奥宗光の孫に当たる。

私はその父上廣吉とイギリス人女性エセルとの大恋愛をノンフィクションに書くため何度もお目にかかった。見かけは素敵なイギリス紳士、ジャーナリストだったため話題は豊富。一緒に食事をするとときめくものがあった。

確か三度目か四度目の結婚、その人らしく九十過ぎまで適齢期だった。亡くなったのは九十五歳。女性の看護師さんがかわるがわる手を握りにきたという。

私の結婚

私が結婚したのは三十六歳のときである。ということは、結果として私の結婚適齢期は三十六歳だったということなのだ。

前に書いたように、運命的な出会いの大恋愛が終わっていた。私は九年勤めたNHKを辞めてフリーとなり、当時のNET、現在のテレビ朝日のキャスターをしていた。

最初の予定では、永六輔さんと御一緒するはずが、永さんが番組が始まってすぐ辞め、三人の司会陣は最初からがたついて、その体制は長くはもたなかった。

当時のディレクターの中にいたのが、現在のつれあいである。私より三歳年下で、その頃酒の強かった私の飲み友達の一人だった。

私はディレクターの一人と一緒に中継に出ることが多く、つれあいとも、徳島や長崎に二人で出かけた。プロデューサーが私にきく。「誰がいい？」

「○○ちゃんがいいわ。かっこいいから」といかにも軽薄に答えていたところを見れば、心に秘めた思いなどなかったに違いない。

だが、すぐ指名したところを見れば、まんざらでもなかったのだろう。

私は直接の仕事仲間とは特別な間柄になることは絶対しないと決めており、単なる飲み仲間でしかなかった。

私がその番組を辞めてしばらくしてから、当時実家のあった等々力《とどろき》に「今自由が丘で飲んでるから来ない？」と女性ディレクターから電話があって出かけてみると、彼も一緒だった。

等々力の我が家のそばに一人で住んでいることを知り、二人で飲むことも多くなった。

私が行くと、キッチンに立って料理を作ってくれる。趣味は料理で、好みの食材を求めてどこまでも出かけ、献立は自分で立て、作り方にも凝る。酒の肴《さかな》が主だが、味は確かだ。出来あがるのを待つ間、私は椅子《いす》に腰かけ本などを読んでいる。目をあげると、「トントントントン」と、上手にまな板の上の食材を刻む音。その軽やかな調子のよさ。長い背を折って作る後ろ姿を見ていてふと思った。

〝ひょっとしたら、私が嫌っていた生活は大切なものなのかもしれない。すべては生活が土台なのかも……〟

そんなことは感じたことも考えたこともなかった。生活の大切さに初めて気づいたのだ。言葉で説明されていたら、私のことだから反撥しただろう。黙って態度で示されたから説得力があり、私自身が気づくことが出来たのだ。

〝私のような女でも、この人なら一緒に暮らせるかもしれない……〟

ふと思った。その延長で一緒に暮らすことになったのである。

結婚式、披露宴

高度成長期には、結婚式も披露宴も派手であった。中には何千万も、下手をすると億のつく披露宴もあった。象徴的なものが、歌手や俳優、タレントがテレビ局と組んでやるものだった。テレビ中継をすることを条件にして、テレビ局がお金を出すタイアップ結婚式、ものほし気でいやだった。

バブルがはじけて、無駄なお金は使わなくなり、昨今はジミ婚がはやり、結婚式も披露宴もせず、届けを出すだけのケースも増えた。歌手で俳優の福山雅治が女優の吹石一恵と結婚した際にも、入籍したとだけ報告があり、マチャロスでショックを受けた女性たちも多かった。

結婚式も披露宴も、当事者が自分の気に入る形を選択すればいい。それなのに一つのパターンがまかり通っている。

特に披露宴だ。まず二人の紹介が、最近では物語風に生まれたときからの写真や映像を使って流される。知人、友人のスピーチがあり、時々は先輩や親の上司やら、関係のない肩書だけのものが入るが、面白いわけがない。

最後に、親に花束贈呈。感謝の手紙が読まれる。ここぞとばかりに盛り上がるBGM。司会者も声を張りあげる。手紙の文句に親は涙を浮かべ、参加者も涙ぐむ。

いかにも演出めいていただけない。

欧米の人から見たら不思議らしい。なぜ涙を流すのか。手紙を書くなら内々で渡せばいいのに、なぜ人前で読みきかせる。

演出以外の何ものでもなく、理解出来ないという。ここぞ、よき家族の見せどころ。日頃はうまくいっていなくとも美《うる》わしい家族を演じてみせるのだ。こうやって出来あがった新しい家族は最初から嘘《うそ》っぽく感じてしまう。

手紙というのは、もともとある種の演出を伴う形式なのだ。

私はといえば、それまで住んでいた実家に共に住むという日に、ジーンズでスニーカーばき、近所の神社仏閣五カ所に挨拶《あいさつ》にまわり、いつもは十円のお賽銭《さいせん》を百円にふんぱつして計一人五百円、母の手作りの五目寿司とビールで乾杯、以上終わり。私たちらしくさりげなく日常にとけこませることが出来た。後日、つれあいが届けを出しにいき、友人知人には葉書を出した。

着なれない衣装に身を包み、ききなれないお世辞などをきかされては、卒倒するに違いない。

と言うと知人の評論家にたしなめられた。「あなたは仕事の場で人前に立ち様々な衣装を着る場もあるが、普通の人がヒーロー、ヒロインになるのは結婚式だけなのよ」

それはよくわかるけれど、私の感覚としては、プライベートなことは出来るだけひっそり人目につかずがいい。

かつては一目で結婚式帰りというのがわかった。男はスーツに白ネクタイ、女は着物やカクテルドレス、そして全く似つかわしくない大きな引出物をかかえて新幹線などに乗りこんでくる。新婚旅行に出かける二人を見送って、外から窓をたたいて合図し、他の乗客が顔をしかめる図もよく目にした。

文豪と結婚

結婚という行事は、個人と個人というより家と家が顔を出す。冠婚葬祭いずれもが家族にからまるものだけに、様々な抵抗を生む。

最近、発見された志賀直哉の手紙には、自分の結婚をめぐる父との対立が書かれ、その文学的テーマの一つは父や家族との確執だったという。家と戦いながら近代的な自立を果たしたのだ。

夏目漱石の作品の多くもまた、そのことが描かれ、『吾輩は猫である』の中で二つのものが将来なくなると予言されている。

そのうち一つは、結婚である。

漱石は直感で言ったわけではなく、個人あるいは個性を重要視する風潮が原因だったという。

個性を重視しすぎれば、当然、他者との軋轢が強まり、赤の他人と一緒に暮らすことなど我慢ならなくなるだろうというのだ。

漱石が亡くなったのは一九一六（大正五）年、ダダイズムが流行していた。漱石の頃は、家にとりこまれる形の結婚であり、『それから』や『門』を見てもいかに大きく家がのしかかっていた時代かがわかる。

島崎藤村の文学もまさに古い家との戦いであり、有名な『新生』の姪との恋愛など、いわば近親相姦《そうかん》で、忌むべきことを実現することで、家への抵抗をあらわしたものということが出来る。

振り返って今の社会を見ると、「結婚」は形骸化し、結婚しない男女が増え、離婚は日常化し、つれあいの教え子たちも結婚したかと思うと二度離婚したという女性もいる。

経済的自立と精神的自立の上に立つ自由を手にしたら、何も結婚などする必要はない。自己実現が出来れば面倒な桎梏など必要ない。

私も、「一人で生きていけるのになぜ結婚したの」という質問をよく受けた。私の場合、一人っ子同然に育ち、人と共に暮らすという経験が少なく、人への想像力に欠けるところがあった。

つれあいと暮らすようになって、それぞれの個を尊重していても、様々なことが気になる。今日は調子がいいのか悪いのか、外でいやなことがあったかどうか、いやでも感じてしまう。

私の場合は共に暮らす人間がいて正解だった。私の中に欠けていた思いやりという部分もいやでも持たなければ暮らせない。

言っていいことと悪いこともわかってきたし、水に流すところは流す、社会勉強の第一歩を齢《よわい》三十六にして学ぶことが出来たのである。

夫婦の姓（苗字）をどうするか

先頃、夫婦同姓は合憲かどうかという最高裁の判決が出て、十五人の裁判官のうち、三人が女性、十二人が男性。その時点で予想はついた。

男性のうち弁護士出身の二人が違憲としたが、女性三人と合わせても五人ということで、案の定、多数決で合憲になり、相変わらず夫婦は法律上同姓でなければいけないと今まで通りの決定になった。

夫婦同姓なら、夫の姓でも妻の姓でもいいのだが、ほとんどは夫の姓である。その点をとらえて、国連の女性差別撤廃委員会から夫婦別姓にすべきだと勧告を受けている。

江戸時代には、庶民には姓がなかった。一八九八（明治三十一）年になって、ドイツを真似て夫婦同姓ということになり、日本の家事情から、夫の姓が主になった。

その後何度か議論になってもいまだ変わっていない。欧米をはじめほとんどの国ではいまや夫婦別姓である。日本がお手本にしたドイツは、とうに選択制夫婦別姓に変わっている。

今回の判決理由では、同姓でないと家族の一体性が崩れるからというが、同姓でも崩れるものはどんどん崩れている。家族間のトラブルが増え、殺人事件など毎日起き、ニュースになる。

名前が変わることで社会的に不便がある場合は、通称を使えばいいというが、もとの私の姓である下重は、今では通称、ペンネームでもある。戸籍上、下重暁子という人物はいないわけで、不便を通り越して不快なことこの上ない。

この辺りのことが男性にはわからないらしい。つれあいも、考え方は夫婦別姓を理解しているものの、私の不快さは身にしみてはわかってはいない。

結婚して、サラリーマンだったつれあいの不便さを考えてうっかり向こうの姓にしてしまった。なぜ事実婚にしておかなかったかと後悔しきりである。

そこで決めたのだ。国会で審議されて夫婦別姓が近々通らないときには、私は死ぬ前に事実婚にすると。私の周りには、同じ考えの人が多い。

今までも国会で何度かとりあげられたが、結局廃案になった。自民党でも野田聖子議員など別姓を早くから主張する人がいる一方で、女性の閣僚の中でも同姓賛成論者が多いのだ。

現実が先に進んで、事実婚や母子、父子家庭が増え、家族そのものにほころびが見えている昨今、遅かれ早かれ選択制夫婦別姓になるだろう。同姓がいいという人は、選択制なのだから、好きな方を選べばいい。

この間の最高裁判決でも、同姓は違憲という判決が出るかもしれないといわれていた。後は国会での議論に任すと記されている通り、一日も早く国会での議論を始めて欲しい。

若者と旅

内向きになる若者たち

海外留学したがらない若者が増えたという。なんとぜいたくな！　私の若い頃には、いくらしたくともチャンスすらなかった。

それどころか、海外に旅をすることすら難しかった。持っていける金も五百ドルと決められていた。

今は、一時の留学ブームがなりを潜めて海外など珍しくもなく、冒険をしなくなった。何も知らない国へ行って苦労するより、今の環境の中でぬくぬくしていたい。何かに自分を賭けてみることなどしなくなったのだろうか。安全圏に自分を置いて楽しいことなどあるのだろうか。

行く気になれば、いつだって旅に出かけられるし、情報は、掃いて捨てるほどある。旅なんてものは魅力的でないのかもしれない。そんな面倒なものより、スマホの中でゲームをし旅をするほうがワクワクするのだろうか。

スマホのゲームにも楽しみも発見もワクワク感もあるだろうが、ゲームが終わればそれで終わり。本当の感動があるとは思えない。手軽に得たものは、手軽に消えてしまう。しんどい思いをして得たものは、皮膚感覚から血管の中にまで浸透して忘れることがない。

千葉大の学生だった男が埼玉県朝霞《あさか》市の女子中学生を二年間監禁するという事件が起きた。彼は一度少女を誘拐してみたかったという。パソコン上であまり都会すぎず、田舎すぎない場所を探して朝霞を選んだという。その後下見はしたようだが、街という実際の生活空間というより、パソコンの画面上に現れた無機質なところなのだ。この場所の選び方一つを見ても、この若者の中にあるのは人間の暮らす現実の場所ではなく、ヴァーチャルな空間なのだ。少女を誘拐するという願望も実感のない、ヴァーチャルな感覚でしかなかったのだろうか。逮捕された男は頭もいい。悪びれず、堂々としている。自分のしたことに実感がなく、仮想空間を生きているように見える。

旅も同じ、苦労してお金を使って身体を使って出かけるまでもなく、検索すれば希望の場所が現れ、行ったような錯覚に陥る。実際に出かけるまでもないではないか、と思うかもしれない。

しかし、実際にその場に自分を置いて初めて感じることがある。画面上ではわからない発見や、心躍ることの数々。旅をして初めてわかることがある。その場で自分がどう反応し、変化するか。それは行ってみなければわからない。

昔から、パリへ行ったこともないのに、パリの隅々の通りまで知っている人はいた。マニアックなその嗜好《しこう》は、それなりに主義主張があって面白かった。今の若者たちの持つ情報とは大違いだ。

その場に立たなければわからないこと、感じられないことは、この世の中にいっぱいある。何も海外に行かずともいい。いつもと違う角を一つ曲がってみるだけで新しい世界がひらける。そこで猫のように鼻をひくひくさせ、匂いを嗅《か》いでみる。

近くにある川の土堤を、上流へ上流へと歩いてみる。するとまるで知らなかった景色や町が展開する。

内向きにならずに、ともかく外を歩いてみよう。道草を食うこと、旅の第一歩はそこから始まる。

私の海外旅行初体験

世の中はオリンピックで沸き立っていた。一九六四（昭和三十九）年、初めての東京での開催。新幹線と高速道路の整備。私の勤めていたＮＨＫも千代田区内幸町から、今の渋谷に移り、連日、朝から晩までオリンピックの競技種目が放送された。その間通常番組はお休みである。

私はこの日を待っていた。入局して名古屋へ転勤し、二年で東京へ戻ってから、毎日多くの番組にフィックスされ、休みをとるのもままならない。ましてやまとまった時間をとって海外に行くなど望むべくもなかった。それが、オリンピック期間中、全く仕事がなくなったのだ。このチャンスを生かすべく、開会式をテレビで見ただけで、次の日からヨーロッパとソビエトを十日間ほどまわる旅に飛び出した。パッケージツアーなどないときだから、一人旅だ。二カ国、スペインとソビエトにいる私の番組に出演した人物から招待状をとりつけたので、勤め先への大義名分は立つ。まず南まわりでイタリアからスペイン。木の十字架合唱団団長として来日した有名修道院院長にマドリッド空港で出迎えを受け、そのまま修道院へ。尼院ではないから男ばかりだ。与えられたのは、木のベッドとシャワー、壁に巨大な十字架のある六畳ほどの質素な修道士の部屋。昼間は街を案内してくれるが、夜は、世界の銘酒の並ぶ院長室でまばらな白髪の頭を真赤にして酒を呑む。いや気がさし、日本大使館に電話をして救助してもらった。町中のホテルに滞在し、美術館や闘牛を見てポルトガルへ。夜のツアーで仲よくなった青年が海辺のカジノで見当たらぬのでフロントで確かめると、彼は未成年で入場出来ないのだった。

パリでは、フォーブル・サントノーレの小さなホテルのフロントの男がロベール・オッセン（仏俳優）に似ていると思っていたら、チェック・アウトの日、部屋に食事を届けにきたついでにあわやという破目に。大乱闘の末、逃げだした。

パリからソビエト、モスクワの空港へ。美術館長から招待状をもらっていた。ところが待てど暮らせど迎えは現れず、英語は通じず、人々は「ニエット（いいえ）」しか言わない。外は暮れはじめ、仕方なく困ったときは「インツーリスト」と叫べと言われたのを思いだした。国営の旅行会社の名である。

「インツーリスト！」その声を待っていたように男が群衆の中から私に近づき「ヴォルガ」というソ連の黒い大衆車に一人乗せられる。四十分ほどで明るい建物が増え、赤い壁の連なりが見え、クレムリン前の巨大なロシアホテルに着いた。フロントは何を言っても「ニエット」でお喋りに夢中。やっと部屋に案内され、さて明日からどうしたものか。電話をするにも何の案内もなく、フロントの番号すらわからない。当てずっぽうに9だの0だのまわしてみるが「ニエット！」。

いざというときのためNHKモスクワ支局の番号を持っていたが外線のかけ方がわからない。何度か試み、ついに番号をそのままダイヤルすると、なんと「はい」。日本語で優しい女性の声がした。支局長の吉川さんの奥さんだった。「地獄に仏」とはこのこと。次の日から吉川特派員に助けられ、ボリショイ劇場やレニングラードにも足をのばし、予定通り、当時のターボプロップ機で無事東京へ戻ってきた。

女の一人旅などほとんどない時代。なんという怖いもの知らず。二十八歳の私は、ヨーロッパから共産圏を旅してきた。その後も、「よくぞ御無事で」という連続で、ついているというか相変わらずの怖いもの知らず。次の東京オリンピックが近づく今、五十年経ってもその癖は直らない。

通過する旅、滞在する旅

旅の概念が日本人と欧米人とでは全く違う。二〇一四年、私は、長い間蒐集《しゅうしゅう》してきた江戸〜明治の「藍木綿の筒描き展」をパリの日本文化会館でひらいた。そのとき、エッフェル塔の下、セーヌ川沿いのその建物まで歩いて十分というところに部屋を借りて、一カ月近く滞在した。窓の下を毎朝、通勤する男や女が通る。辻々にカフェや公園があり、果物屋やワインなどの酒屋、小さなスーパーもある。そして何より、焼きたてのフランスパンを小脇《こわき》にかかえて……という生活をした。食事も自分たちで作り、ホテルより面倒なはずだが、すっかりリラックスした。わずかながら、生活らしきものがあり、馴染んだ風景や人々が出来た。道路をはさんで向かいのビルのベランダにひろがる庭を手入れする老人。夕刻灯《あかり》がつくと人恋しい風景になる。

土日になると、郊外の家に出かけるのか、アパルトマンの多くが一晩中暗いまま……。パリの人々は、遊ぶことが大好き。土日はほとんど郊外の別荘に行き、時間があればカフェで過ごしている。彼等の何よりの楽しみは、夏のヴァカンスだ。七、八月をどこで何をして過ごすか、私が滞在した六月には、もう気もそぞろ。浮足立っている。話題もそのことが中心だ。ヴァカンスのために、言いかえれば遊びのために働いているようなもので、いかに人生において遊びが大切かを教えられる。

私の好きな作家・マルグリット・デュラスの作品のいくつかも、夏のヴァカンスをどこで過ごすかに大きな比重がかけられているし、プルーストの『失われた時を求めて』のうち「花咲く乙女たちのかげに」は、毎夏ヴァカンスを過ごすノルマンディ近くの海岸が舞台になってくりひろげられる。

実は、以前訪れた海辺の町で、プルーストがある夏を過ごし、デュラスが晩年を若い男性と暮らした館に偶然出会った。浜には一本の木道がどこまでも続き、子供たちが遊んでいた。

旅といえば、欧米では滞在型を指す。日本では通過型。それは戦後高度成長を経て我も我もと海外に出かけたことに始まる。ほとんどが一週間か十日のツアー。パリもローマもジュネーヴも、ただ「行ってきました」というだけで、一泊か二泊で通過しただけ。何の感激もなく、どこへ行ったかさえ思いだせない旅が多かった。その影響は濃く、日本人の旅といえば、今も通過型がほとんど。滞在型で、ゆっくり一カ所に腰を落ち着けて過ごす旅とは大違い。慌ただしく時間を追い、チラッと眺めただけで生活がない。風物は目に入っても人々の暮らしを実感することがない。

人々の楽しみや哀しみを感じない旅など印象に残らない。

実は日本でも、かつて農村では秋の刈り入れがすむと、一カ月以上湯治に出かける滞在型の旅をすることが多かったが、その習慣は失われてしまった。

若者は、お金がなくても時間がある。大人の真似などせず、じっくり滞在して一冊の本を読むなど、深く心に残る旅をして欲しい。

旅と人の楽しみ

旅の楽しみとは何か。人それぞれだろうが、私は、結局のところ人ではないかと思える。子供の頃からふらふら歩くことが好きだった。小学生の頃、住んでいた大阪の大和川《やまと》のそばの官舎、転勤族の娘だから、二、三年おきに住まいが変わったが、仙台の広瀬川、東京の多摩川など、川のそばが多かった。

川の土堤に寝ころんでいると、春、土中から萌《も》えでる音がする。古代から脈々と続く生の営み。私は、時間があると上流へ上流へと歩いていく。更に歩を進めると、鶏の遊ぶのどかな農村がひろがり、そこで働く人々は、桃源郷の点景と化す。

何度、迷子になりかけたろう。不安の中でも私は、一人の時間を存分に楽しみ、遠くから風景の中で働く人々を見ながら帰ってきた。

少し大きくなってからは、散歩に行くときは、神社や仏閣で賽銭箱に入れる小銭だけ持って歩いていく。そして歩けるところまで行って疲れ果てうらぶれた気持ちで帰ってくる。

お金があるとついタクシーに乗りそうになるので、小銭だけなのだ。

旅先で人に会ったり、見知らぬ人と友達になるのはいいが、出来れば、仲のよい友達や家族などと出かけぬ方がいい。日常がそのままついてくる。自分の感覚を取り戻したいのに、人がいては、そればかり気になる。旅に出るときまで親しい人と一緒だと、電車の中でも行き先の宿でも、その人と話すことに気がとられて、自分の感覚が戻ってこない。もしどうしても一人が淋しいなら、旅の中で自分一人の時間を作ろう。宿へ着いて一人で散歩に出る。電車の中では親しい人の隣に坐《すわ》らない。そうすれば、車窓を過ぎる自然に思いを馳《は》せることも出来る。

仲のよくない人を誘うことでもいい。なぜならお互い話をしたくないから、自分の時間が保てる。

かつてバックパッカーと呼ばれる若者が全国を席捲《せっけん》したことがあった。リュック一つで津々浦々、どこへでも出没する若い旅人。カニ族とも呼ばれていたが、北海道の離島、利《り》尻《しり》や礼《れ》文《ぶん》はその代表地であった。

彼等はユースホステルを渡り歩き、そこで新しい出会いがあり友人を作った。

一人で旅に出て初めて本当の人恋しさがわかる。旅先でゆっくり肩書や自分をしばるものを投げすてて素の自分に戻って語りあう。そこで生涯の友人を見つけた人も多い。

私は日本各地世界各国、仕事で旅をし、ついでに一人で旅をした。そこで出会った人々のことは忘れがたい。単なる風景ではない。ポルトガルのナザレという海岸は、絶壁の風景の中に黒衣の漁師と船があるからこそ生きている。いかに絶景とはいえ、私は、その中に人々の歴史や営みを感じたい。

様々なところをめぐり歩いて、今どこへ行きたいかといえば、会いたい人のいるところなのだ。

一所懸命願っていると、なぜか、その人のいるところへ行く仕事が増える。知らないうちに選んでいるのか、旅は、主観的なものだと言わざるを得ない。

なぜ旅に出るのか、旅は心のけじめ

旅は一つのけじめでもある。人は自分の心にけじめをつけるとき旅に出る。慣習化されてしまったのが、新婚旅行であり、卒業旅行である。私たちの若かった時代、卒業旅行などというものはなかった。修学旅行なるものは存在したが……。今も京都駅や羽田空港などで、修学旅行生の群れに出会うことはあるが。学年全員やクラス全員そろっての旅行は、恐ろしくはあっても、私にとっては全く魅力がなく、行きたくなかった。集団行動が苦手だったのである。

卒業旅行は、もっと個人的な旅だと思うが、みんなが行くからという理由なら全く意味がない。大学を卒業していよいよ社会人になるけじめをつけるため、外国に出かける若者が多いのだが、けじめとは何か。今までの自分に別れを告げて、次の段階に進むためのものである。ということは、ある始まりであると同時に、ある終わりをも意味する。学生という甘えた気分に別れを告げて、社会の一匹狼《おおかみ》になる。

新婚旅行もまた、ある終わりを意味している。もう恋人同士の甘い関係は終わり、あとは現実の生活のみと考えると、意味深いものがある。今までの関係は終わりと考えると、成田離婚や羽田離婚が増えるのもわからないではない。

むやみにけじめなどつけない方がいいことだってある。

しかし人は、何かの事柄で心のけじめをつけようとする。失恋すると人は旅に出るという。心の中のすべてを占めていたあの人にさようならをして、新しい人生に向かっていく。狩人の唄《うた》った「あずさ2号」など、別れた人と行くはずだった信濃路《しなのじ》へ、他の人と旅立つという、まことに虫のいい旅である。

私も大失恋をしたとき、旅に出ようとしたが、一人で旅などしては傷口がひろがるだけだと考えて、必死で仕事に没頭していたように思う。感傷旅行などという甘やかな余裕などまるでなかった。

私が区切りに旅をするのは、仕事が一段落したときである。大きな仕事を終えると、私は自分にごほうびをやる。昨年三月、『家族という病』を書き終えて、あとは本が出るばかりというとき、キューバに行った。アメリカとの関係修復の寸前だった。帰ったら本がベストセラーになっていた。今年は、『家族という病2』を書き終え、ウィーンへ行った。ウィーン国立歌劇場のオペラ「トスカ」にウィーンフィル、スコダのピアノと音楽三昧《ざんまい》。要は、ごほうびを鼻先にぶらさげて仕事をしているようなものだ。これもまたけじめといえるかもしれない。ウィーンはまだのどかで、直行便のオーストリア航空のキャビンアテンダントは、上から下まで、靴下、靴、鞄《かばん》までまっ赤っか。就寝用の上がけは、パッチワークや刺しゅうのある牧歌的なもの。ウィンナーコーヒーの種類は多く、田舎っぽくていやされた。そのオーストリア航空の直行便は今はない。

いざ出発、機体が上昇し、地上の家々が小さくなるとき、私は「ざまあみろ！」と叫ぶ。「浮世のバカは起きて働く……」と下品な言葉を続けて、仕事でたまったうっぷんを晴らす。あの瞬間が好きだ。

荷物は少ない。のではなく、スーツケースに詰めるのが上手なのだ。面倒くさがりの私が隙間《すきま》なく要領よく詰めるので驚かれる。お土産は、やむを得ない以外、人には買わない。お土産は自分のために買うものだ。その場に行ったのは私なのだから。私のための土産を奮発する。他人から物をもらっても実感がない。爆買いなどと中国人のことを言ったりするが、日本人だって、ついこの間まで同じだった。酒三本、煙草《たばこ》二百本、香水二オンス、ぎりぎりまで買って、ふうふう言って運んだ時代があったっけ。欧米人は自分のため以外にほとんど土産を買わない。

今度のウィーン行きも、私にとって次の展開のけじめになった。

第四章　若者よ、未来を摑みとりなさい

若者と災害

阪神・淡路大震災、3・11そして熊本地震

日本は大規模な災害の時代に突入したといわれる。歴史をひもとくと、集中して天災の起きる年代がある。地球の変動しかも火山や地震などには、一定の周期があるようだ。

多くの学者や研究者が予知の研究にとり組んでも、いまだに地震の予知も、火山噴火の予知も出来ない。自然の脅威に人間は手も足も出ない。起きてみなければわからないというのが現状だ。過去の歴史をさかのぼり、その経験と周期で割り出しても、自然は人間の知恵をあざ笑うかのように、思いがけない行動に出る。

戦後の災害を見ても、阪神・淡路大震災は一九九五（平成七）年の一月十七日に起きた。早朝、淡路島から神戸に至る断層が動き、都市部を巻きこみ、火災を伴う大災害となった。以前から神戸の辺りは、地震は起こらないといわれていた。人々の油断もあったろう。

高速道路は飴のように曲がり、三宮近辺のビルは倒壊し、NHK支局も被害を受けた。神戸市役所の庁舎も潰れ、六階部分はへしゃげて、水道局の図面が失われた。その責任者に取材した際、図面がないために、復興にどのくらい手間どったかの苦労話をきいた。方々で水道管が破裂しても、水が噴出しても、手のつけようがなかったという。

震源地の淡路島では、断層のずれがそのままの状態で保存されている。巨大な断面にぞっとした。

いわゆる3・11の東日本大震災はつい五年前のこと、東京でもついに来たかというくらい揺れた。あの津波の映像に呆然《ぼうぜん》とし、その後の福島第一原発の爆発のニュースを追うのが精一杯だった。一カ月ほどして、仙台から気仙沼まで寄付金を直接届けに行った。

気仙沼市長には、以前講演と旅でお世話になった。魚市場は壊れ、大きな漁船が、流された住居の跡に横たわっていた。傍《そば》に朱い花が咲いていた。市長の家も流され、ホテルに逃げた母親たちを火の海が囲んだという。

開いていた店で魚を買おうとした友人が「入れる袋はありますか」と何気なくきいた。「そんなものみな流された」。私たちは猛省した。一見少し落ち着いていても日常は回復していない。

市長は「物見遊山でもいい、冷やかしでもいいから、ともかく現地を見て欲しい！」と言いつづけた。現場に立つことから教えられることは多い。映像や解説ではわからぬ。自分の感性で感じること。何よりそれが大切だ。

若者は全身の感性を駆使して現場に立って欲しい。

福島駅を降りると、放射能測定器の値がはねあがった。除染したとはいえ、道路の側溝の放射能はそのまま、この先何年かかるのか。あのとき人々は価値の転換をせまられた。科学万能、経済一辺倒の考え方はもろくも崩れた。

価値の転換をはかり、真摯《しんし》に生きていきたい……それがどうだろう。次々と原発再稼働のお墨つきを手にし、人工衛星の打ち上げ合戦を科学技術の発展と胸を張る。

懲りない面々なのだ。

日本文学の源は「もののあわれ」ではないか。

それは天変地異の多い国に生まれた宿命なのだろう。経済効率のみを追う国を真似てはならない。日本独自の価値を再構築する機会だったのに……。もう忘れてしまったのだろうか。

そのことに気づかせるかのように、熊本地震が起きた。今までにない型の地震だ。私はそのとき、オーストリアのウィーンに居た。「大地が動き、地が裂けるなんて信じられない。なぜそんなところに帰るのか」と現地の友人が言った。

しかしそこが私たちのよって立つ日本なのだ。

若者よ、もう一度現実を見つめ直そう。私たちの暮らしている日本とは何なのかを、そこから新しい価値を見つけねばならない。

私の体験した災害、伊勢湾台風

一九五九（昭和三十四）年九月二十六日、戦後最大の伊勢湾台風が東海地方を襲った。

私は、NHKにアナウンサーとして入局したばかり。すぐ名古屋支局に転勤し、独身寮からテレビ塔下にあった旧NHKに通っていた。昭和区荒田町にある独身寮は男性社員のためのものだったから、野際陽子さん（女優）と私が三階の西側の二部屋に入ったことは青天の霹靂《へきれき》だった。

野際さんは一年先輩、私は六月に着任してようやく三カ月、慣れてきたばかり。その日夕刻、男性が集められ、チーフアナウンサーから女二人は帰宅を命じられて不満だった。こんな非常時ほど働きたいのに女を保護するつもりか、これも差別ではないかと怒った。

寮に着く頃から風が強まり、私の部屋の窓は弓なりにしなった。今にも割れそうで割れない。ガラスの弾力性を知った。女の悲鳴のような「ヒィーヒィー」という風に追い立てられるように、食堂の隣の一階の和室に避難、停電になったので、ろうそくをつけて女二人で五目並べを始めた。ラジオから「どこそこの瓦が飛んだ」というニュースが流れ、そのときすでに海抜〇メートル地帯には、高潮の危険や河川の氾《はん》らんなどが目の前に迫っていた。情報網が今のように張りめぐらされていない時代、日を追う毎《ごと》に被害は増えつづけ、半年間、水に浸った地帯や材木の流失で失われた家々など、死者、行方不明者あわせて五千人以上、その時点で戦後最大の被害となった。

寮も断水し私たちも炊き出しをもらいながら、重いデンスケ（録音機）を肩に、被災地をかけ巡った。

「水が押入れまで来てね、金魚が浮いてたよ」

と、詩をよむように話してくれた両親を失った幼子の声を忘れない。

私の目は皮肉にも輝いていた。放送局に入って初めて私の血が生き生きとめぐりだした。悲惨な大災害のさ中の自分の変化に、私はとまどっていた。

今でも私はあのときのことを思いだす。私の目が仕事で初めて輝いた瞬間。……もし伊勢湾台風にあわなければ、私の人生は違っていたろう。

あの災害によって私は仕事の面白さを知り、NHKにいた九年間で一番印象的な出来事ときかれれば、即座に伊勢湾台風と答える。

当時の年齢は二十三歳。刻みつけられた感覚は今も生きている。私の仕事の原点といえる。

半年間、一日も休まなかった。使命感に支えられ疲れなど感じなかった。ああいう時期があってよかったとつくづく思う。

伊勢湾台風にあった人々は、今でもその話を語り継ぐ。

名古屋に、きんさん、ぎんさんという百歳を過ぎた長寿の双子姉妹がいて人気になった。CMにも登場した人気者だったが、そのぎんさんの家の縁側に今もぎんさんのお子さんたちが集う。みな長寿で百歳を超えた人、九十代の人が時々縁側に集っては話をする。伊勢湾台風の想い出になることしばしば。彼女たちにとって、ましてきんさん、ぎんさんにとっては、忘れ得ぬ経験だったのだ。

大災害にあうことは、自分の命に向きあうことなのだ。

天災の多いこの国に生まれた私たちだからこそ、命と向きあう時間を否応なく与えられたといえなくもない。

ボランティアに行く若者たち

若者たちのボランティアの姿が目立つようになったのは、阪神・淡路大震災からだったと思う。少なくとも国内の災害については、それまではあまりなかった。海外の災害や貧困医療については「国境なき医師団」やＮＰＯなど様々な活動が行われてはいたが、一般の若者、特に学生たちが当たり前のようにボランティア活動に参加することは少なかった。

ボランティアに誰もが行きたいと思ったのは、３・11の東日本大震災だったと思う。私も義援金を持って宮城と福島に行ったが、知人の多く、特に若い人たちは、地域を決めて出かけていった。自分の出来ることをしたいという思いを持って。

例えば二十代、三十代の介護士や理学療法士は、お年寄りの世話や、けがをした人のリハビリなど、自分の休みの日に、あるいは休みをとって一人で行く人も、友達同士誘いあって行くケースもある。若者も、歳をとった人も、何かしたい、何が自分に出来るかを考える機会であった。

大学によっては、ボランティアに出かけた場合、その活動を単位として組みこむと決めたところもある。その対応は当然で、学生たちが社会に目を向ける、よき機会になったと思う。

そして大災害でいえば、今回の熊本地震、ボランティアを希望する若者たちは数多くいた。しかし、多くのボランティアを仕切る人を決定する難しさや、二次災害の危険などで、ボランティアが力を発揮する場面が遅れた。ようやく五月の連休になって全国から若者をはじめ、沢山の人々が熊本にかけつけたが、折角行っても数が限られて働けなかったり、平日にはボランティアが足りなかったり、日によって差が大きい。その辺をいかに解決していくか、今後に残された課題である。

多くの若者の気持ちをないがしろにしたり、折角芽生えた若者の自発的な心を萎《な》えさせたりすることのないように考えるべきである。

被災地の人が口をそろえて言うように、まず現場に行き、自分に出来ることは何かを考える。そのことが若者たちの社会への目をひらき、多くの批判や疑念を生み、自分がどう行動するべきか考えるいいチャンスになる。

私個人の考えだが、若者は、持てる力をどこへ向けたらいいのか長い間迷っていたと思う。

あの学生運動華やかなりし頃、六十年、七十年安保、そしてベトナム反戦運動、若者たちが中心になって世論を動かしていた。彼等はよくも悪くも生き生きと行動していた。そのエネルギーが長い間潜伏していた。出口が見つからずウツウツとしていた。

学生運動が東大安田講堂の陥落から赤軍による仲間うちの殺しあい、そしてあさま山荘事件に至って、そのエネルギーは消滅してしまったかに見えた。

しかし若者たちの中にくすぶっていたものが、ボランティアというよりどころを見つけることによって一挙に噴き出した。

私の考えでは、あの学生運動で生き生きとしていたエネルギーと、ボランティアに注がれるエネルギーは同質のものだと思う。

ボランティアを通じて、多くの若者たちが社会の疑問と矛盾に気づいた。そのことが、他の場面でも一つの力になって、自分で考え、自分で行動することにつながっていって欲しい。

被災した若者たちへ

「天災は忘れた頃にやってくる」

と言ったのは寺田寅彦であった。東日本大震災が起こったとき人々は、ただ呆然としてテレビ画面を見つめていた。津波が各地に起き、黒い波が内陸まで押し寄せた。

東日本大震災は、東京でも戦後経験したことのない大きな揺れと被害をもたらした。死者も出たし、本棚の本や食器棚が倒れたという人、当日外にいた人は、自宅へ戻る方法すらなく、一旦災害が起こると大都市がいかにもろいかを見せつけられた。

私は、運よく自宅にいたが、マンションの揺れは尋常ではなく、しかも二度、間を置いて襲ってきた。つれあいが慌てて食器棚を押さえ、私は「危ないから離れて！」とどなった。とっさに人間のとる対応は日頃の訓練がものをいう。

私は揺れを感じると壁際の家具から離れ、すぐ頑丈な机の下にもぐる。慌てず、すぐ行動する癖をつけておかないといざというときに間にあわない。

いつだったか小さな地震があり、喫茶店でお茶を飲んでいた私の姿が見当たらないと思ったら、机の下にもぐりこんでいてあきれられたことがあった。反射的に体が動いたのだ。

「災難に逢う時節には災難に逢うがよく候」

と言ったのは良寛だったが、下手にさからわず、自然体が大事だと教えている。それが災難を避ける方法だというが、頭でわかっていても、なかなか行動は伴わない。東日本大震災では更に原発の危機が身に迫っていた。

テレビは、黒い波が押し寄せる画面の次の日には、原発の爆発による目には見えぬ放射能汚染の深刻さを伝えていた。あの報道を見た外国人の中には、日本は終わりだと思った人もいたらしい。

それがどうだろう。被害のあったところでは深刻に受けとめられても、少し離れたところだと、全く対応が違う。東日本大震災のときの関西から西では、節電もなく、ごく普通の生活が続いていた。

今回の熊本地震では逆に、関東から北に住む人々にとっては、あの3・11を忘れたかのような日々が続いていく。

「忘れる」という性癖がなければ、とても人間は生きてはいけない。悲しく、深刻な出来事を引きずっていては日々の暮らしはままならない。

しかしその場面で得た知恵を生かすことが出来なければ、地震国に住んでいる意味がない。

「津波てんでんこ」という言葉がある。「てんでんこ」とは、各自、一人一人という意味の東北の方言。大きな地震が起き津波が来るとなったら、一人一人が自分の身を守ること。その後で、被災した人々に寄り添うこと。

災害時には世代を超えたつながりが出来る。しかし、まず一人一人が自分の身を守ること、その後で出来ることをする。幸いにも災害にあわなかった人は、出来る限りの想像力を駆使して被災した人に寄り添うこと。

自分の身を守り、何が出来るかを日頃から考えておくことが大切だ。「自分の身は自分で守る」。そこから始めるしかない。

若者と原発事故

災害には二種類ある。自然災害と人工的な災害だ。日本は自然災害の中に浮かんでいる国といってもいい。その自然災害は、いまだによくわからないところが多く、防止することが出来ない。そのかわり自然の美をも味わわせてくれるのだから、共存していくしか仕方がないだろう。

人間も自然の一員なのだから、寄り添って生きるしかない。自然の恐ろしさと美しさは裏腹にある。

自然災害はともかく、人工的災害については、避ける方法があるはずだ。

例えば原発。自然災害を避ける方法がなくとも、こうした人間が作りだした災害については自分で落とし前をつけるしかない。

日本は世界の中でも有数の地震国だ。そこで原発という、終わりのない人工災害を引き起こす可能性のあるものを、喉元過ぎればまた復活させるとはどういうことか。再稼働など試みることが信じられない。

3・11でどんなに痛い目にあったか、すっかり忘れ果てたように次々復活させようとする。人工で出来たものは、作った人間が責任をとるしかない。そのことを忘れ、再稼働させるとは、人間のおごりというしかない。あれだけ痛い目にあっても防ぎようのない危険な物質を使って、再稼働させようとする。原発がすべて止まってしまったとき、私たちの暮らしはそんなに不便だっただろうか。どうしてもなくてはならぬものだとは思えない。

若者はこれからの時代を生きる人々だ。自分たちの生きる未来には、きちんと声をあげるべきだ。

当たり前のように原発が再稼働する。熊本地震も、少しずれていたらすでに稼働していた川内《せんだい》原発がどうなったかわからない。

地震国日本では、いつどこで原発事故が起きても不思議ではない。今度どこかで起きたら終わりを覚悟せねばならぬはずなのに、反対の声は消されがちだ。人間が作りだしたものは人間が責任を持つべきなのは言うまでもない。

再稼働の声をきくたびに、人間の知恵のあさはかさを思う。

原発が止まっても十分生きられたではないか。これ以上何を望むのか。厳しい自然の上に生きている人間の知恵とは何なのか。

喉元過ぎれば熱さを忘れたかのように今日もまた、原発再稼働のニュースが流れる。かつて高速増殖炉「もんじゅ」が事故を起こし、その跡を見る機会があったとき、係の人の説明は、もはや何の問題もないという言い訳に終始した。

人間は、歴史の中で何を学んできたのだろうか。もっとのどかに生きられないのか。自分の作りだしたもので自分の首をしめる、そうした愚かしさを止める知恵をあの原発事故から学んだのではなかったのか。

若者には未来がある。未来を作るのは若者の義務だ。自分の生まれたこの土地で、生を満喫するための知恵を大いに働かせて、未来を自分たちの手で摑《つか》みとって欲しいと思う。

若者と挫折

挫折とは何か

まず挫折《ざせつ》とは何ぞやということから考えてみたい。『広辞苑』を引いてみた。

「(計画や事業などが) 中途でくじけ折れること。だめになること」

とすこぶる素っ気ない。

もう一つ『岩波国語辞典』には、

「目的をもって続けてきた仕事などが中途でだめになること。くじけ折れること。『資金難で――する』」

やはり簡単この上ない。仕事面での解釈が多いが、もちろん原因はそれだけではない。

失敗とはどう違うのか。

『広辞苑』では、「やってみたが、うまくいかないこと。しそこなうこと。やりそこない。しくじり」。『岩波国語辞典』では「方法がまずかったり情勢が悪かったりで、目的が達せられないこと」。

挫折に比べると軽い。

長い間仕事をしてきた上で、私が自分に言いきかせてきたことがある。同じ失敗は二度繰り返さない。それには失敗したら、なぜ失敗したのか、反省して恥ずかしい思いを噛みしめることだ。軽く流してしまうとまた同じことをやる。失敗は人間なら必ずする。しかし意地でも同じ失敗だけはしない。

挫折はもっと深く重い。いつまでも傷跡を残すこともある。人生を狂わせてしまうほどに……。

中途でくじけ折れるという現象だけではない。その結果、心も崩壊し、もう駄目だと落ちこんでしまう。挫折とはむしろ、心に及ぼす影響の大きさを言うのだろう。

あまりに複雑なので、辞典の定義だけでは追い切れない膨大なものを含んでいる。

本当はうまくいくはずだった。順調にことが運べば成功するはずだった。それが見事に途中で腰くだけ、自分に責任がある場合もあるが、多分に時代や周りの状況、運も左右する。それをどう受けとめて自分の中で整理し、乗り越えていくか。

若者の挫折とは何か。大学入試の失敗など、希望する大学に入れなかった挫折感。しかしこれはむしろ失敗の方で、とり返しはつく。浪人ですむこともあるし、希望を変更することも出来る。

学校を出て、親の保護を離れ、独り立ちして初めて世の中で出会う挫折、社会に出てからの挫折は、その時点よりも後になってから自分に戻ってくる。

職業について自分一人で食べていかねばならない。今年の就職戦線は、少し幅がひろがったようだが、ここで希望の会社に入れるかどうか、今の若者には一見沢山のチャンスがあるように見えて、逆に本当に求めていることが何なのか、選択肢が沢山あればあるほど迷いを生じ、片っぱしから受けてどこかに引っかかればいいという自暴自棄にも陥ってしまう。

皮肉なことに、どこを受けても全部通る人と、いくつ受けてもうまくいかない人とに分かれてしまう。コネが物をいうこともあり、ここで若者は、まず社会の矛盾と直面する。無事入社してもその後が問題だ。自分が考えていた仕事と違って、思いがけぬ部署に廻される。その中で人間関係に悩み、自分との葛藤に敗れ挫折する人は多い。ひどくなるとウツになり、辞めていくケースも多く見られる。就職後、一、二年で辞めてしまい、ハローワークの世話になる。自分は駄目だと思い込む。

まだまだ人生の入り口なのに、諦《あきら》めないで欲しい。この先、何があるか、自分に期待しおめでたくありたい。

もう一つ、若者の直面する挫折は、恋愛。人と人との出会いなどスムーズにいくはずはなく、紆余曲折を経て乗り越えていくか、別れが待っているか。その挫折感は仕事にも増して大きい。最近、交際相手とのもつれや片想いで殺人にまで至るケースも耳にするが、なぜもっと悩まないのか。うまくいくことよりも、うまくいかないことの方が自分を成長させてくれることを知って欲しい。

私の挫折

私の最初の挫折と呼べるものは、小学校二年にはじまる。学校でツベルクリン反応が陽性になり、調べると肺門淋巴《リンパ》腺炎（多くは結核の初期症状）にかかっていた。当時は今のような特効薬がなく、栄養をとって安静にしているしかなかった。普通は隔離しての長期療養が必要だが、軽度だったので、家で一部屋を与えられてそこで暮らしていた。

当時軍人だった父の転勤で大阪にいたが、空襲が激しくなって、奈良県の信貴山《しぎさん》上の三楽荘という旅館の離れに縁故疎開をした。

ベッドがわりにピンポン台に寝かされて、一日四度（朝・昼・三時・夜）熱をはかり熱計表をつける。常に微熱があり、向かいの旅館を借りていた陸軍病院から医師が来てくれて、一日おきにヤトコニンという注射をしていった。

何となくもの憂いだけで、痛くもかゆくもない病気なので、一緒に疎開した父の蔵書や画集から一冊ずつとりだして毎日見ていた。読めなくとも芥川や太宰の文章を目で追い、泰西の名画を見て、妄想をたくましくして退屈しなかった。

学校は休学、友達は一人もなく、大人しか周りにいない。一人を楽しむ癖はそのときにつき、今も一人でいることがかえって幸せなのだ。二年間学校に行かない日々が今の私を作った。本に親しみ文章を書くのも、その頃に学んだ。

赤トンボの多い山上の夏、大阪大空襲の後、日本は敗戦し、軍人という職業はなくなり、公職追放が追いうちをかけ、我が家は食うや食わず、私自身の病気と敗戦による我が家の困窮は、一般的に考えれば大挫折だった。そのことが土台になって、大人（親や先生）を頼らず、自分一人は自分で養い、自分で考え自分で選ぶという根本的な私の生き方を作った。子供のときの挫折がどの位、私を育ててくれたか……。

大きくなって物書きになるべく新聞社か出版社をめざしたが、女性を採用するところはなく、放送局（ＮＨＫ）のアナウンサーになった。言葉を使う仕事なので自分で選んだ言葉を喋る努力をしていたら、ラジオで私の書いた物語をきいた出版社から第一作を頼まれた。

十年以上いると足をとられそうだったので、九年でＮＨＫを辞めフリーになり、民放のキャスターになった。一年目、その番組が打ち切りになり、仕事でも大挫折。それまでＮＨＫ育ちの苦労知らずが世間の冷たい目にさらされる破目になる。

追いうちをかけるように、大失恋。第三章の「若者と恋愛」でも書いたが、一目惚れした男との不思議なめぐりあいが十年後破局。私が、生活というものを馬鹿にして地に足がつかないところで生きてきた報いであった。

仕事と恋と同時に失った私はどん底だった。

大人になって初めての大挫折。

私はひたすら頭を低くしてその嵐が過ぎるのを待った。そして傷つき果てた自分の心の恢復《かいふく》を祈った。

悪いこともよいことも重なる。特に悪いことはそこでなんとかしようとあせればあせるほど悪くなる。そういうときは、自分の心を落ち着けて静かに待つこと。自分をいたわってやること。私は子供の頃一人だったときを想い、穴の中で時の過ぎるのを待った。自分一人を食べさせることだけを続けて……。

そして十年近くが経ち、触れれば血の噴き出そうな傷もいつのまにかいえた。

私の体の中には、自然に自分を表現したい欲望が湧いてきた。もともとそれが生きがいだったから、目の前にある仕事を大切にそこで精一杯自分を表したいと思っていたら、少しずつ目の前がひらけてきた。

挫折を知らない人の危うさ

挫折を知るとは、自分の本質を知ることと重なる。挫折したとき、人は初めて自分の心の中をのぞく。それを入り口にして、自分の中へ降りはじめる。

結果として自分の弱さを知ることになり、物を考えはじめる。自分の心と対話して、正直に自分を見つめようと努力するのだ。

そこから想像力が生まれてくる。他への想像力が……。私自身は、子供の頃病気だったせいもあって我が儘《わがまま》に育ってしまった。他人と交わらず、自分の世界だけで完結して不思議に思わなかった。

母をはじめ私の周りの人々は、はれものにさわるように私に接していたから、私は独りよがりで他への想像力が欠けていた。

それが大人になり、否応なく社会にほうりこまれ、最初はうまくいっていたはずが、仕事と恋愛の両面が重なった挫折を経てようやく目覚めたのである。

恋を失ったとき、いきつけの数寄屋橋の地下道にあったバーで、私は初めて歌謡曲に涙した。美空ひばりの『悲しい酒』……こんなに心に沁みる曲だったとは。

クラシック音楽の世界に遊んでいた私にとって初めての経験だった。

仕事と恋の挫折を経て、私は少しずつ他人の哀しみが理解出来るようになった。様々なイメージが描けるようになった。他への優しさの萌芽《ほうが》であった。私は自分の挫折に感謝している。

世の中には挫折と無関係に見える人たちがいる。それはエリートと呼ばれる人たち。例えば東大や京大にすんなり入って、大学を出て希望の就職先につき、しかるべき女性と結婚して出世街道を歩いている男性や、そうした男性を夫として安穏な生活を送る女性たち。最近でいえば典型的なのが、東京都知事を辞任した舛添氏。東大法学部でもずっと三本の指に入る秀才だったというが、あのＫＹぶりには都民をはじめあらゆる人々が驚いた。彼の言葉は、すべて彼自身の論理から発したもので、すべての人が納得すると錯覚しているから始末が悪い。政治資金の公私混同ぶりもせこすぎるが、その言い訳にみんなあきれた。

彼にはそれが伝わらない。自分の論理が通るはずだと思っているから始末に負えなかった。今まで大きな挫折などしたことがなくて、自分の言うことは正しく、その論理でねじふせられると信じてきたのだろう。

ひょっとしたら今でも彼は自分には何も非はないと思っているかもしれない。一般の人々の感覚の持ち合わせがなく、極端に想像力に欠けていたのだろう。

今回の挫折がどんな影響を及ぼすか。そう期待するのは間違いで、相変わらず、支持しなかった自民党が悪いといった周りへの反撥で終わるかもしれない。

私の友人にもいる。大学では総代で見かけも悪くなく女にも若い頃はもてて、仕事も順調だった。

自己への過信から独立したが、うまくいかず、年を重ねた今も自己中心的で昔の夢を引きずっていて見苦しく、他を攻撃することで目立とうとする。

彼には他から自分がどう見られているかの自覚がない。だんだんと人が寄りつかなくなっていることもわからない。舛添さんも率直に話す友達がいなかったというが、そういう人からは他人が離れていき、ますます独りよがりになる。

そういうエリートが大挫折に出会うと耐えることが出来ず、自殺に走るという例もままある。

私の高校の先輩で、東大を出てすべて順調な中、息子に家出され、その原因が自分にあることなど全く思い至らなかった。息子には整った環境と学歴を与えたのにと言うばかりで、なぜだということが想像出来ない。

結局ウツになり会社を休み、出世街道を外されて自殺未遂に至る。

その後どうなったか、挫折をバネに再起したか、そのまま立ち直れなかったか。挫折によって自分と向きあい、他への優しさや想像力を身につけたかどうか。その後の消息を知らない。

挫折をどう乗り越えるか

挫折しない人などこの世にいない。必ず大なり小なり挫折しているのだがその挫折とどう向きあうかで、人間の値打ちは決まってくる。

挫折ほど人の成長にとって大事なものはない。不遇な時期なので自暴自棄になりがちだが、そのチャンスを生かせる人だけに人生はひらけてくると今までの人生を振り返って言うことが出来る。

挫折を知らなければ、私自身どんないやな人間になっていただろうか。挫折があって正解だった。その時期をじっと慌てずに過ごすことが出来、そこから様々なことを学んで、今までなんとか生きることが出来た。

挫折したとき、大切なのは他人のせいにしないこと。愚痴と言い訳をしないこと。私は失敗したとき、決して言い訳をしない、愚痴らないを、自分に命じてきた。

自分に言い訳してしまうのは甘えである。自分と向きあい、原因をつきとめたら、しっかり心にとめた上で、いつまでもぐじぐじ考えず、忘れること。すべては自分に帰することを心しておけば間違うことはない。

挫折中の過ごし方は人それぞれだが、心の栄養が大切だ。音楽や絵画などの芸術、また文学作品が、これほど心に沁みるときは他にない。

幕末の学者で、明治維新の元勲たちに影響を与えた吉田松陰は、若くして牢に入れられ囚人になった。その間中読書に明け暮れ、十四カ月で六百十八冊も本を読んだという。

「絶望時の読書こそ真の読書だ」(『松陰語録』童門冬二/致知出版社)

と松陰は人に語ったそうだが、そこで学んだことが生きる力を養ってくれたという。

明治期の外務大臣として名高い陸奥宗光は、西郷隆盛がおこした西南戦争に加担したとして獄に入れられる。東北の獄にある中、一念発起、英語の勉強をはじめ、その間に様々な英米文学に親しむ。そのことが後に外務大臣になったときの礎となる。

そして災害時、人々の心が折れたとき、例えば3・11の後には、クラシック音楽のネットアクセスが飛躍的に伸びたという。

人は傷ついたとき、求めるのは心を支えてくれるものであって、物や金ではないということを知るべきだと思う。

私も、結核の二年間、支えてくれたのは父の本棚の本たちだった。子供でも大人でも違いがない。

挫折とは、それを引き起こした事実というよりも、心の挫折であるからだ。心のケアには文学や芸術が欠かせない。松陰の言うように、絶望したときは、最も心がナイーブになっていて、本の中の言葉が支えてくれるのだ。

現実の挫折を救ってくれるのは、現実ではない。いくら事業に失敗したからといって、いわゆるビジネス書や金もうけの本などいくら読んでも役に立たない。本当の原因はそこでは見つからない。

自分の心と対話するためには、自分の心の奥底に眠っているものをゆり起こさなくては何事もはじまらない。

挫折によって人は優しくなれるチャンスを得ることが出来るのだ。

挫折によって諦めるか

挫折によって人は変われる。どう変わるか。優しくなるか、意地悪になるか、そのときの過ごし方次第。

深く身を沈めて反省することは大切だが、私が一つ忠告したいのは、そこで「諦めること」はして欲しくない。

うまくいかなかったからといって、自分に才能が無いと、自分に見切りをつけて欲しくない。そういう人はそこで終わりだ。

自分で自分を「ここまで」と見切りをつけて欲しくない。ひょっとしたら自分の才能が首をすくめているだけかもしれないのだ。「もうここまで」「これ以上無理」と考えては、自分の才能を自分でつむことになりかねない。

あなたはちょっと疲れているだけ、少し休めば、またムクムクと頭をもたげてくるものがある。

人間が生きるということは、自己表現をすることだと私は思っている。自分の好きなもの、得意なものをしっかり持って、そちらに目を向けていると、人はその方向に向かっているものだ。知らぬ間に。

決して諦めないで欲しい。自分で芽をつまぬよう、楽観的であって欲しい。野放図に自分を信じてやろう。いつか出来る、いつかやってみせると。それでなくとも社会環境や時代のせいで、うまくゆかぬ要素があるのだから、自分だけは自分の才能を信じてやりたい。

諦めようとして諦められるものは、自分にとってたいしたものではない。諦めようと思っても諦めきれないもの、知らぬ間にもう一度よみがえってくるものこそ、自分の表現なのだ。

私にとって「物を書く」ことは、放送局に入った時点で手を離れたようにみえたが、私は決して諦めなかった。いつかきっとそこに辿りつく……それからどの位かかったろう。キャスターを経て、JKAという組織の長と全く違う道を歩いていても、書くことを忘れることも離れることも一度もなかった。NHK時代の一冊目から百冊近く、しこしこと書きつづけた。大いなる道草、まわり道を経て、物を書くことへの思いは深まっていき、組織の長を辞めて一気に噴きだした。社会に出て五十年経って。そして『家族という病』がベストセラーになり、この年になって書くことに追われている。フィクションを書くことも含めて、私は挫折を経ても諦めなかったために、ようやく本来の目的の緒についたのだと思う。

長い人生、うまくいかず諦めそうになったこともなくはない。そういうとき、私はどうやって過ごしてきたか。

仕事とプライベート、この二つが大きく分けてあるとすると、私は仕事がうまくいかぬと一所懸命プライベートを楽しんだ。江戸からの藍木綿を集めてみたり、昔の夢だったオペラのアリアに挑戦したり、クラシックバレエを習ってみたり……。好きなことだから、はまっているうちに、仕事上の挫折をしのいで、やる気も恢復してきた。

逆にプライベートがうまくいかぬときは、仕事を懸命にした。こんなときほど仕事をしてきてつくづくよかったと思えたことはない。

大失恋を救ったのも仕事だった。毎日仕事に追われ、感情の入りこむ余地がないように努力した。その仕事もかつての相手が属していた方面からは出来るだけ遠ざかるようにして、なんとかやり過ごすことが出来た。

今では、どこかで偶然再会しないかと考えるほどに楽しむ余裕が出来てきたのである。

第五章　若者よ、感じる力を持ちなさい

若者と感性

感性は変わらない

ベランダに、蜘蛛が巣を張っている。一本の糸が見る間に張りめぐらされ、独特の巣を形づくる。見ていて飽きることがない。子供の頃から蜘蛛が好きだった。

なぜ好きなのかを考えてみると、美しい巣が張りめぐらされた風景が、私の子供の頃いくらでもあったからだ。最近のＣＭに蜘蛛や蜘蛛の巣を即駆除する薬を見てぞっとした。あの美しさがわからないのだろうか。特に雨上がりの網についた水滴など喩《たと》えようもない。

蜘蛛はその間、坐を外して、雨が上がると巣に戻ってきて、じっと獲物がかかるのを待っている。最近東京で見かけることは少なくなったが、軽井沢ではいくらでも見かける。

小学生の頃、結核のため家の一室でおとなしくしていたから、寝たまま見える蜘蛛の巣と蜘蛛の生態はどの位私の無聊《ぶりょう》を慰めてくれたことか。自分から仕掛けるのではなく、あくまでじっと獲物のかかるのを待っている。その姿勢も私には好ましく思えた。

私自身、決して自分から仕掛けない。思いがあればあるほど、じっと内に溜《た》めこんで、ふくらませていく。そのかわり絶対これと目をつけた獲物からは目を離さない。集中力が必要だが、切らさずにいれば熟して向こうから落ちてくる。仕事も恋もこの流儀でやってきた。私が下手に自分から動くと必ず失敗してうまくゆかない。

一見積極性に欠けるようだが、向こうから落ちてきたものは容易に離れてはいかず、私のものになる。これは、私が美しいと思う蜘蛛から学んだのである。誰にでもあてはまるわけではないが……。

子供の頃、病気で二年間寝ていたことで、他人には見えないものとつきあうことが出来て、私の感性を形づくってくれた。天井ばかり見ているので、天井の節目や染みが様々な形に見えて、妄想をたくましくすることが出来た。当時は木造家屋だったのでその形は様々に変化した。同じ年齢の子供たちと遊ぶことが出来なかった分、自分の感性と十分つきあってやることが出来た。私の財産である。

何を美しいと思い、何に惹かれるか。子供時代に形成されてしまう。私は病気でよかった。

大人になっても少しも変わっていない。今でも私は蜘蛛が巣を張っていると目を離すことが出来ない。

人間の感性は変わらない。知識や方法論は年をとる毎に豊富になるが、感性は子供の頃と変わらない。感性はその人自身の内側にあるもの、大切に心の中にしまってあって時として顔を出す。

感性を共有する

永六輔さんが亡くなった。感動をあんなにわかりやすく、少ない言葉で表現した人を他に知らない。

私がNHKアナウンサーを九年で辞めて民放のキャスターになったとき、ある日、番組のリポーターだった永さんは中継先から「辞ーめた！」と言って辞めてしまった。自分がいいと思うもの、美しいと思うものに忠実な人だったから、何か我慢出来ないことがあったのだろう。

永さんと一緒に仕事が出来ると思ってNHKを辞めた私は、がっかりした。私を可哀《かわい》そうに思ったのか、「スケジュール管理など必要なら自分の事務所でやってもいいよ」。永さんの当時のマネージャーが清楚で仕事が出来る女性だったので、私のこともやってもらえるならという条件で同じ事務所に所属した。NHK育ちは世間知らずで危なっかしくて、見かねて声をかけて下さったのだろう。

「上を向いて歩こう」「帰ろかな」「遠くへ行きたい」……感動を表現する言葉づかいはどれも天才という他ない。

「夢であいましょう」などのバラエティ番組、TBSラジオの「土曜ワイドラジオTOKYO」「誰かとどこかで」など、作詞から自身の言葉で語る仕事に移ったが、中でも「全国こども電話相談室」の回答は素晴らしかった。

「好きな人にどうしたら思いを伝えられるでしょうか」という少女の質問に、「美しいと思えること、素晴らしいと思う瞬間を共有すること、感動が一番大事……」といった回答で、私はその言葉に拍手を送った。

一緒に感動出来る人がいるかどうか……若いときも年をとってからも同じである。

永さんとは「東京やなぎ句会」や「話の特集句会」で同じ題で句を作り、感動を共にすることが出来た。

私を俳句の会に誘ってくれたのも永さん。

兼題が「蜃気楼《しんきろう》」。私の句が「疎開列車夕焼けに描く地獄変」。間接的に蜃気楼を詠んだのが一位に選ばれ、以来俳句のとりこになった。

感動は表現することでしっかりと自分のものになる。形のない感情に形を与えるのが表現力なのだ。

この句も、私の大好きな夕焼けが恐ろしいほどに美しく、『地獄変』（芥川龍之介）の世界を思わせたというものだ。

私は夕暮れが好きだ。夕焼けが茄子紺《なすこん》から藍色の闇に至るまでの時間、いつ闇に変わるのかを見つけたいのだが、その境目を見つけることが出来ない。

同じ時刻の空が好きな若い友人がいる。彼は私のために、夕陽や夕焼けやその後の藍色の空を写真にとって送ってくれる。同じものを美しいと思える人がいるのが嬉しい。

感動を共にすることが出来ることほどぜいたくなことはない。

どこか遠くへ

永さんの作詞で一番好きなのは、「遠くへ行きたい」。ジェリー藤尾さんが歌っていた。三年前、年末恒例の紀伊國屋の舞台「永六輔と仲間たち」で、ジェリーさん本人が来て、小室等さんのギターで歌った。相変わらず粋で味のある声にきき惚れた。「六輔 永《なが》のお別れの会」でもジェリーさんが歌った。

「知らない街を歩いてみたい　どこか遠くへ行きたい……」

民俗学者の宮本常一氏の「ラジオ電波が届く先に行って、その人たちの言葉をきき、それを伝えて欲しい」という言葉通りに、日本中、隅々まで旅をして、そこに暮らす人々と言葉を交わした。

旅先で永さんの書いた短冊や色紙に出会わぬことはない。

どこか遠くへ……私自身、子供の頃からふらふらと歩きまわることが好きだった。散歩と言えば聞こえはいいが、途中で、この角を曲がるとどこへ出るのか、好奇心に任せて歩いているうちに、知らない風景に囲まれていて心細く迷子になりかけたことが何度もある。

次の角でやめようと思いながら、もう少しもう少しと歩いてゆくとやめられなくなってくる。

行きと帰りは同じ道を通らないと決めているから、足は疲れ、うらぶれた気持ちを抱いて、途中の神社や仏閣で一息入れてまた歩きはじめる。タクシーやバスに乗りたくなるのを防止するため、ほとんどお金を持たないので、歩かざるを得ないのだ。実家のあった世田谷の等々力に住んでいた頃は、上野毛とか、田園調布とだけ決めて、後は足の向くまま気の向くまま……。

家を眺めてそこに住む人や暮らしを想像し、駅の隣に古びたパチンコ屋を発見して中をのぞいたら、当時上野毛にお住いの吉行淳之介さんにバッタリ。「よく来るんですか」ときかれた。それ以後、銀座のバーでお目にかかるたび、「パチンコやっていますか」と言われた。

多摩川に向かって堤を降りていくと、邸宅とマンションの切れ目に思いがけず富士山の姿を見つける……。

強い香りに見上げると塀沿いに金木犀《きんもくせい》の花粉が降ってくる。夕刻になると見まわりに来る猫たちに会ったりする。

今でも私はひまがあると、いやひまはなくとも仕事の合間にふらりと散歩に出て、マンションの隣の日赤医療センターのテニスコート脇の巨大な松を眺める。気に入った木のベンチで日なたぼっこをする。夕陽が沈むまで……。

なんとぜいたくな時間、帰宅すると新しい気持ちで仕事が出来る。

さて次は何の曲にしよう。ブラームスかリヒャルト・シュトラウスか。私は常にクラシック音楽をききながら原稿を書く。

「書を捨てよ、町へ出よう」と言ったのは寺山修司だったが、彼は散歩が大好きで、ふらふらと家の近くや街中を歩きまわり、横町を曲がり、行き止まりの道に入り込み、それと知らぬ警官に怪しい男が、人の家をのぞいていたとして捕まったことがあった。

私も、つっかけにGパン、セーターといった一番楽な格好でふらふらと行きつ戻りつ、怪しまれても不思議はない。

環境と感性

感性の強い中学・高校時代、私はオペラ歌手になることを夢みていた。当時、朝日学生音楽友の会、通称AGOT《アゴット》という組織があって、本物のクラシック音楽を安く生できくことが出来た。

様々なプログラムの中で、藤原歌劇団の公演が楽しみだった。テナーの藤原義江をはじめ、ソプラノでは大谷洌子《きよこ》や砂原美智子など、素敵なプリマドンナがそろっていた。『カルメン』を観た日には、帰宅して真紅のバラを口にくわえ「ハバネラ」を……。『椿姫』のときには、白いシーツを体中に巻きつけて、「ああ、そはかの人か」を……という具合でヒロインになりきった。

歌は芸大出身のソプラノ歌手に本格的に習っていたし、出来ればその道にと思ったこともないことはないが、大学に進む段になって、他の歌なら大丈夫だが、オペラは無理かもと先生に言われて断念した。やせて小柄な私には、二、三千人規模の大ホールに響きわたる声量がないことに気づいたのだ。以来鑑賞する側にまわっている。

イタリアオペラの日本公演、幻のテナー、マリオ・デル＝モナコやメゾソプラノのジュリエッタ・シミオナートが来日したときは、ＮＨＫに在籍中で仕事で参加することが出来たし、カラヤンにも会うことが出来た。

今もメトロポリタンやウィーン、ミラノなどの歌劇団の引っ越し公演は、一番いい席を手に入れて行く。いくら高くともそのために働いていると言いきかせて……。

音楽は私自身が好きだったが、学者になった叔父（母の弟）も学生時代、やはりオペラ歌手に憧れたというから、まだ西洋音楽が少なかった時代、音楽の環境には恵まれていた方だと思う。

父は絵描き志望だったから、我が家には泰西の名画集や『みづゑ』などの絵画雑誌が溢《あふ》れ、芸術には理解があった。

「絵描きになるなら、何でもしてやる」

軍人の長男のため絵描きを諦めた父は、私に何度も言った。私は父への反抗から全く耳を貸さなかったが。今頃になって、海外に出かけるたび、好きな美術館を見て歩く。父を連れてこられたらどんなに喜んだろうと思いながら。

日本では、有名な美術品が来ると長蛇の列、「館内では立ちどまらないで下さい」のアナウンスが響く。初めての海外旅行、パリでモナリザを見たときは、ルーヴルの踊り場のようなところにさり気なくあって見たいだけ見ることが出来た。

先日出かけたウィーンでは、音楽三昧だったが、実は美術館も素晴らしい。世界に二点のみのブリューゲル作の「バベルの塔」など、ひっそりと美術史博物館に飾られていて、ほとんど人もいない。

絵を見やすいように、真ん中にソファーが配置され、そこでくつろいで、どんな名画もゆっくりと好きなだけ見ることが出来る。この至福のひと時。写真もとることが出来、中には模写をする人もいる。

日本ではなぜ超満員なのか。要するに流行に遅れまいと、話題に乗れるよう、絵など好きでなくとも行く。ル・コルビュジエ設計の上野の国立西洋美術館など、世界遺産になったとたん人々で溢れている。

この間までひっそりとその建物を鑑賞出来たのに。

日本では、自分が好きか、見たいかではなく、人が行くから行く。右へならえで個性が育たない。せめて若者よ、自分の感性を大切にして他に連ならないで欲しい。

他人の真似ではない、自分だけの美を見つけて欲しい。

ファッションは自己表現

「きゃりーぱみゅぱみゅ」という舌を噛みそうな名前の歌手がいる。私は彼女のファンである。歌というよりあのファッションだ。自分で考えたというファッションが際立っている。多くの色彩を用いた手のこんだデザインだが品が悪くない。色彩感覚が抜群である。

世界ツアーを毎年やっていて人気だというのも、外国でもあの個性が受け入れられるからだろう。

安室奈美恵のファッションも小粋でシンプルで、真似してみたくなる。

ファッションは自己主張だ。紅白歌合戦で歌より奇抜な扮装《ふんそう》が話題の小林幸子、若者にもテレビではなくネットで人気が出た。

芸能人ばかりでなく、誰もが若いときに自己主張したくなるのが服装である。

学生時代、制服であっても、スカートをちょっと短くしてみたり、ネクタイを長めに結えたり、男の子だっておしゃれだ。

昔だと、帝大生がわざと帽子を破って髪を油でてかてかに固め、汚れた手ぬぐいをさげて、下駄をはいて登校したり。あれも自己主張のはしりである。

私も中学、高校時代はおしゃれに気を配っていた。中学の制服は緑のネクタイと緑のラインのあるセーラー服。腰にはボタンがついたしゃれたもの。高校の月・雪・花というまるで宝塚のようなクラス名や、大学生が式典に着るのは黒の着物に緑の袴《はかま》と、これまた宝塚そっくりだった。

そこから進学校の大手前高校に受かったら制服がダサいこと！　これで三年間過ごすのはいやだから、自分でセーラー服風なものをデザインして着ていった。すぐ呼びだされて、やむなく同じ濃紺の地で上衣をダブルに、スカートの襞を多くすることでなんとか自分でも納得出来た。三つ編みにした髪の先に、気分によって様々な色のリボンを結んだり……。

大学では黒ずくめに冬は黒のマント、毛皮のついた、当時誰もはいていなかったブーツ姿で小悪魔とも言われていた。

卒業式には、渋いピンクの着物に紫の袴、今でこそ袴姿は珍しくないが、当時は私一人であった。

戦時中だって、同じもんぺ姿でも、母は光る紺の繻子《しゅす》のよそゆき用もんぺを持っていて、終戦の詔勅をきくときは、このもんぺにはきかえていた。

今はさり気なく、よく見るとキラリと光るおしゃれを心がけている。

街を歩いていて男がおしゃれになったと思う。どこか一点にこだわっていてそれだけは譲らないというおしゃれ。

若い友人は、どこかに光るものを身につける。そういえば昔の恋人が、じゃらじゃらと懐中時計をとりだす仕草に魅せられたものだった。

いつもラフな格好の若者が、キチンとしたスーツに身を固めているのはそれはそれで緊張したさまが可愛い。男の着物姿は書生っぽくなるか、ヤクザっぽくなるか。どちらも好ましい。

私がＪＫＡ（元日本自転車振興会）会長のとき、グランプリの前夜祭には、九人の選ばれた選手にタキシードを着てもらった。競馬やボートのように体重制限がないのでしっかりした胸板がタキシードを着ると見事に映えた。男が美しいのを見るのは女も幸せなのだ。

若者と言葉

言葉のはじまり

「はじめに言葉ありき……」とは『新約聖書』にあった。

文学上も、音楽の上でも、はじめにあったのは言葉だったという。なんとかして自分の想いを伝えたい。恋慕う心をどうやって表現すればいいか。例えば相聞歌《そうもんか》である。『万葉集』などにもたくさん登場する。

〝あかねさす紫野行き　標野《しめの》行き　野守《のもり》は見ずや君が袖振る〟

額田王《ぬかたのおおきみ》が大海人皇子《おおあまのおうじ》（後の天武天皇）へ贈った歌として知られている。恋人にどうしたらこの想いを伝えられるか。その悶々《もんもん》とした中から生まれでたのが言葉である。人間は言葉を持つことで、他の生物と違って文化を持つことが出来た。優位に立つことが出来たのである。

生物は、すべて繁栄のために、雄は雌に示威行為をする。鶴のように羽をひろげて優雅に舞うもの、自分の美しさや強さで迫るもの。方法は様々であるが、人間のようにそれを書き言葉や話し言葉で伝えたりはしない。鳴き声の抑揚で言葉に近いものはあるとしても……。

言葉を持つことで人間は、文化を創造する一歩を進めたのだ。

心の中に燃えたぎるものを言葉にして相手に伝える。そのことがどんなに高等な手段であったか。最初は叫び声や溜息《ためいき》のような単なる音でしかなかったものを組みあわせて、手ぶり身ぶりを加え、相手に伝わったときの喜び。そして相手もまた様々な手段で自分の気持ちを伝えようとする。そんな素朴で原始的な言葉を大切にしたい。やがてそれは和歌になり詩になり、物語になっていく。

「はじめに言葉ありき……」

物書きのはしくれとしては、そのことを忘れないでいたい。

音楽のはじまりもまた、言葉であったと教えられたのは、三枝成彰《しげあき》さんからであった。

音からはじまったと思いがちだが、そもそものはじまりは、教会で神に祈りを捧《ささ》げるための歌だったという。

歌すなわち言葉である。西洋音楽にあっては、教会で歌われるコーラスこそ原点なのだ。人間の声と言葉で祈りを捧げ、そこから様々な音楽が生まれてきた。

教会音楽としてのパイプオルガンをはじめオルガン、ピアノ、ヴァイオリン、管楽器の数々とともに、様々な形に進化してきた。

バッハ、ハイドン、モーツァルト、ベートーベンを例にあげるまでもなく、どの作曲家も教会でピアノやオルガンを弾き、その中から作曲に目覚め、多くの教会音楽を書き、ジャンルがひろがっていったのだ。

芸術の源は言葉といってもいい。いいかえれば表現力。絵は言葉より古い表現かもしれないが、人間独自の文化として生みだされたのは言葉といってもいい。

私たちは生きている限り自己表現をしたいと思っている。生きていることは、自己表現をすることであって、何の表現もしないことは、死んでいるのと同じことかもしれない。

中でも言葉を発する、言葉を書くということは、ほとんどの人間が持っている手段だ。その手段を有効に使わない手はない。

最も素朴かつ根源的な自己表現を知れば、その大切な手段をいいかげんに使うことは出来ないはずだ。

自分自身の想いに忠実な言葉を選ぶ、それがコミュニケーションの手段となって人と人をつなぐことが出来、人を感動させることも出来、また、失望させることも出来る。

何気なく日頃使っているものだからこそ言葉を大切に、自分自身の道具として愛してやりたいものだ。

話し言葉と書き言葉

話し言葉と書き言葉は違う。私はこの二つを職業にしたので、はっきり言うことが出来る。大学を出て物書きになりたいと思ったが、活字の仕事は女の募集がなく、食べるために話し言葉を職業とするアナウンサーになった。アナウンサーだけはＮＨＫ、民放共に募集があり、最初に決まったＮＨＫに行けと大学の就職課に言われて従った。最後の面接が民放のＮＴＶ（日本テレビ）とＮＨＫが同じ日の午前と午後だったので、どちらを選ぶか迷ったのだが、同じ早稲田の友人の古賀節子さんと二人で相談し、私がＮＨＫを受け、古賀ちゃんがＮＴＶを受けることをジャンケンで決めた。アナウンサーは五回位試験があり、終わり近くになるとどの局でも同じ顔ぶれになるので親しくなる。同日の試験で両方を二人が受けると採用の確率が減るという理屈で、ジャンケンをして分かれて受験して二人共、無事受かった。

古賀ちゃんとはその後人生の節目節目で会うことになる。ジャンケンはどちらが勝ったか憶えていないが、古賀ちゃんは早大放送部のスターだったから、どちらを受けていても大丈夫だったろう。私はといえば、アナウンサーの仕事もよくわからず、慌てて放送部の門をたたいたら部活なのに試験があると言われて、アナウンス研究会に一カ月在籍しただけだった。

古賀ちゃんは後に田原総一朗夫人になり、乳ガンで亡くなるまで隅田川でお花見をしたり、親しい友人だった。

他人は私がアナウンサーという仕事に向いていると思ったらしいが、本人は活字への夢やみがたく、九年で足を洗って独立。キャスターと物書きの道を歩みはじめた。

私の第一作は、まだＮＨＫに在籍中の二十代、「夢のハーモニー」というラジオ番組で自作の詩と物語を読んでいたことに始まる。

「あれは誰の作品ですか」という問い合わせが多く、そのうち「本にしませんか」と出版社から誘いがあった。渡りに船と出したのが『もうひとりのあなたに』。その後『悲しいときに野菜を食べる』に改題。

直木賞をとったばかりの五木寛之さんがラジオ番組の台本作家だった縁で帯を書いて下さった。

そこから二本立ての人生が始まるのだが、話すことと書くことの違いにどんなに面食らったことか。

この二つをプロとしてやった人は多くはないだろうが、私の経験からすると全く違っていた。

話し言葉は、わかりやすく嚙みくだいて、多少無駄があった方が親しめる。まるで原稿を読んでいるようにきちんと収まっていては面白味も個性も感じられない。一行ですむことを倍か三倍位にした方が印象に残る。自然な間もとった方がいい。

それに比べて書き言葉は、いかに凝縮してその一語に多くの意味やふくみを持たせるか。

無駄をはぶいて、いかに今自分が感じていること考えていることを的確に表現出来るかが勝負である。

私は文章を書きながら直すことはほとんどしない。自分のテンポで最後まで書ききってゲラで直す。直しだすといくら直してもきりがないので、文章の難しさをその都度《つど》感じさせられる。

話し言葉はいかにふくらませるか、書き言葉はいかに凝縮するか。全く逆の作業なのである。その二つを職業としたために、引き裂かれる思いもしたが、最近になってやっと全く違うという視点に立ってそれぞれに向かうことが出来ている。

書き言葉は考えぬいてから書きはじめるが、話す場合には、大筋だけ立ててあとは出たとこ勝負、話し言葉は生きた言葉でなければつまらない。

講演でも事前に原稿は書かない。何も持たずその場に立って思いつくまま話す。その場の雰囲気に合わせて。話し言葉はその場で生きている言葉。書き言葉は何度読み返しても永遠に生きつづける言葉でなければいけない。

いわゆる若者言葉について

大学を出てアナウンサーという共通語を話す仕事について、抵抗を感じることがあった。いつの時代でも若者には若者にしか通じない言葉があって、それが自分たちだけの特権であり、時代の気分にぴったりする。

若者の間では、テンポよく調子もはずむのが、今風の言葉だが、共通語では沈んでしまう。

私は友人たちとは、若者言葉を使いつづけた。

今でいえば「チョーカワイイ」とか「キモイ」などなど、あっという間に若者は新しい言葉を乱発する。顕著なのが何でも短くしてしまう才能。先日も「オヤカク」という言葉をきいて「何それ?」と思ったら、就職が内定した場合、親の確認がとれているかどうかを知ることなのだそうだ。入社式ですら、親がついていく時代なのだから、会社側としては、折角採用した学生が親の反対で辞められては困るので確認するらしい。「チョー過保護」といえなくもないが。

言葉は時代を映しているだけに、やむを得ないのかもしれない。

私が若者の頃、流行していた言葉はあるはずだが、今思いだそうとしてもすっかり忘れている。一過性で忘れられるものもあれば、もとから使われていたかのごとく、日常会話に定着するものもある。

共通語とされているものの中にもかつての流行語があり、流行語や若者言葉だからといって目くじら立てることはない。

一緒になって面白がって、なぜこの言葉がはやるのか、考えてみる位の柔軟性を持っていたいと思っている。

大切なのは、相手によって言葉を使い分けられるかどうかだ。誰にでも友達同士のような会話でいいか。年代を考え、場所をわきまえて、きちんとした言葉づかいが出来るかどうか。

例えば方言などは、その地方の文化だから使ってみて相手がわからなければ意味を解説するところから親しみも湧くだろうが、会社の上司や目上の人との会話に若者言葉はやめたほうがいい。

同世代の若者同士の言葉とは別に、共通語をきちんと使えるように、若者言葉と共通語のバイリンガルであって欲しい。その上外国語が出来れば鬼に金棒。

私は、中学高校時代大阪に住んで、大阪弁はペラペラ、バイリンガルと称していた。言葉は一種の感覚として身につくものだから、アクセントからニュアンスまで仕事場とプライベートとは使い分けが出来た。

日頃から相手や場によって使い分ける努力をしていなければ、とっさに対応出来ない。若者言葉はおおいに結構、ただし必要なときには共通語を使えなければ損をする。言葉によって「おぬし出来るナ」と思われるし、「こいつは駄目だ」と烙印《らくいん》を押されもする。

若者言葉とは別に、私が気になる表現は、

「百円からでよろしかったでしょうか」

「……という気持ちが私の中にありますね」

「感動を与えられれば……」

などなど、枚挙にいとまがないが、はっきり物事を断定せず、余分な言葉をつけ加えたあいまいな表現が、多くの人の口癖になっていることだ。話し手が確信を持っていない証拠である。

「えっとえっとですね……」

「……それってこうなんですか」

「スゴーイ！」「エーッ」「ホントですか？」

いいかげんな表現をしているといいかげんな奴だと思われても仕方ない。反射的に言葉を発するのでなく、一瞬考えて話す癖をつけて欲しい。

なぜ小池百合子が当選したか

テレビを見ていると、プロといわれる人たちのあまりに安易な表現が気になる。言葉の仕事についたなら、もう少し工夫して伝えてもらいたい。天気を伝えるときには、判で押したように、お天気だと「洗濯物がよく乾くでしょう」。土日だと「お出かけ日よりです」……土日だって仕事をしている人だっているんだと、年中無休の私など文句の一つも言いたくなる。

すべてパターンとマニュアルで成り立っている言葉など相手の心に響かない。

どう言えば、どういう言葉を使えば伝わるのか。あいまいな表現をするといいかげんな奴と思われると言ったが、それどころか、自分自身がいいかげんに作り変えられてしまう。日常何気なく使う言葉だからこそ怖い。

例えば「暑い」という言葉、今年は猛暑が続くと何度繰り返してみても伝わらない。「線路がぐにゃりと曲がってしまいました」とか具体的な例を示されると「なるほど」と実感する。

街中で人に会う。「暑いねぇ」と言うより「ほらみて！　私の背中、シャツに汗で地図が出来ちゃった」

何でもいい。具体的で身近な例で表現すると実感が湧く。

暑い、寒い、きれい、きたない、嬉しい、悲しい、それだけでも言葉は通じなくはない。ただ、暑いと言えば漠然と寒くないと伝わるだけだし、嬉しいと言えば悲しくはなかったとわかるだけだ。そうした漠とした言葉だけ使っても生きてはいける。

しかし、パターンとマニュアルしか言えないと、気がつくと自分がパターン化されたマニュアル人間と化している。だから怖いのだ。日頃から出来るだけ自分の感覚や考え方にぴったりした表現を心がけていないと、もともとあった自分の中の感受性や思考能力もなくなってしまうことになる。言葉を馬鹿にしてはいけない。使う言葉によって自分まで変えられてしまう。

この間の東京都知事選挙、圧倒的多数で小池百合子さんが当選した。様々な理由があろうが、好き嫌いは別として、私は彼女の言葉が一番人々の心に響いたからだと思う。

もともと彼女はキャスターという言葉を使う職業であり、政治家でもあった。政治家は言葉で人の心を摑めなければいけない。現実はほど遠い人が多いけれど……。

関心事を表現するにも彼女の言葉ははっきりとききとりやすいだけでなく具体的で、イメージをひろげることに役立った。

私が感心したのは、東京都のシンボルカラーであるグリーンについて、「何でも一つグリーンのものを持って集まりましょう」と言って聴衆の前にきゅうりやにがうりを手に持ってかかげたことだ。目に見える形で参加を呼びかける手法……それは決して新しいことではない。冬のラグビー早明戦の応援には、必ず早稲田のシンボルカラーえんじ色のものを身につけて行くなど以前からある手法だが、小池さんは、きゅうりやにがうりという身近な食品を手に持って示した。この上なくわかりやすい。

キャスターや政治家として学んだことの集約が都知事選に生きた。

主要候補のあとの二人はどうだったか。鳥越俊太郎さんも新聞という活字出身でキャスターでもあったから、書き言葉も話し言葉もプロなのだが、迫力に欠けた。言葉は、その裏に話し手の心意気や情熱が感じられねば伝わらない。原発や憲法など思いはいっぱいあったはずだが、伝え方に問題があった。

理屈や頭で考えるのでなく、選挙はまず、感覚に訴えることが必要になる。

増田寛也さんもよくきくと、地味でも説得力があるのだが、残念ながら感覚を揺さぶるものがない。小池さんの勝利は言葉による勝利だったと言える。

若いうちに必要な言語体験

『沈黙はこわくない』（大和出版）という本を書いたことがある。テレビのバラエティ番組などの影響なのか、若者は沈黙を怖がる。間のあることを必要以上に恐れる。本当は、沈黙も含めて言葉なのだということを知って欲しい。沈黙は考える間である。思う間である。のべつまくなしに喋りつづければいいというものではない。もっと考えて選んだ言葉で的確に話して欲しい。

かつて大平正芳という政治家がいた。読書家で有名だったが、寡黙なことでも知られていた。総理大臣になったが「あーうー大臣」というあだ名もあった。訥弁《とつべん》で必ず話の前にあーとかうーとか入った。「○○でありましてあー……でありますからえー……というわけでうー……おー……事情を考えてえー……こうなりました」。あいうえおが全部入ったともいわれている。

一般的には話が上手ではないと思われていたが、私は最も話の巧《うま》い一人だと思っていた。なぜなら、大平さんが考えている間、次は何を言うのだろうと聞き耳をたてざるを得ない。立て板に水の人には聞き手は責任を感じないが、訥弁の人には否応なくきいてあげねばと思う。聞かせ上手という意味で話し上手なのだ。

大平さんの話は自分の読書経験に裏づけられた奥の深い話だった。言葉を豊富にするには、まず沢山本を読むこと。活字だけでなく、話し言葉でも語彙を豊富にするにはとにかく本を読むこと。知らない間に頭の中に言葉が蓄積されていく。

私の場合、前にも書いたが病気で小学校の二年間を休んで、毎日大人の本をわからなくても一冊ずつ眺めていたので知らぬ間に言葉を豊かにすることが出来た。

言葉を探し、言葉を知ることは、自分を探し、自分を知ることにつながる。書き言葉の方がより深くそのことを体験出来る。私は書くことは自分を掘る作業だと言っている。自分を掘るとは、埋もれている本当の自分、奥深く眠っている自分を出来るだけ底まで掘って知ることである。

物を書くときは表面的になぞるだけでなく、一つ一つ「なぜ」「なぜ」と自分に問いかける。「この花は美しい」「どう美しいのか」「なぜ美しいのか」「そう思う自分は何を考えているのか」。縦に掘っていくことで深く気づくことがある。

そのために日頃から書く習慣をつけよう。日記でもいい、手紙でもいい、文字を書く。メールでもいい。短い言葉の中でいかに自分を表現出来るかの勉強になる。メールという方法が悪いのではない。そこで表現出来る自分がいるかどうか。自分自身の問題なのだ。

私が二十年つきあっているNHK文化センターのエッセイ教室に通う人々は、「メール句会」や「メール歌会」をやっている。手段はどうあろうと言葉を選ぶ作業は同じである。

自分の頭で考え、自分で言葉を選んで表現する。その訓練をしてみて欲しい。出来れば自筆で書いてみると、より直結した肉体的、生理的な言葉が出てくるかもしれない。

　話し言葉の場合はどうか。日本人は自分の意見を言うのが苦手だ。「○○さんは……」「父は……」「母は……」と他人が主語になる。私は出来るだけ「私は……」と始める癖をつけて欲しいと思う。そうすれば、自分の意見を言わざるを得ない。「わたしは」から「わたくしは」という癖をつければ、「く」が入ることで、一瞬自分に問いかける間が出来る。

　もう一つ、日本人が不得意なのはディベート、討論である。意見を戦わせて他の人の意見をきき、それを理解しようとする。一人一人の個を認め違いを認めあうことから相互理解が深まるに違いない。

終章　若者よ、組織を知りなさい

若者と組織

組織に入るということ

かつて一人前の大人になる二つの関門は、就職と結婚といわれた。特に就職は社会人の入り口であった。今のように個人が才能さえあれば起業することも出来、また、フリーターと呼ばれる人たちのように定職につかず、アルバイトだけで生きていける時代ではなかった。

家業を継ぐという形はあったが、たいてい、高校や大学を出ると何らかの企業に就職する。義務教育は中学までだから、地方から中学を出た「金の卵」と称された人々が都会に就職するという光景も、昔は見られた。「あゝ上野駅」などという歌謡曲はその哀歓を唄ったものであった。

私が大学を出た一九五九（昭和三十四）年などは、組織に入りたくとも大企業は少なく、特に女性の就職先はなかった。組織内の男女差別は激しく、四年制大学出の女性が受験出来るところはほとんどなく、女性といえば高校出か短大出の事務職のほうが有利であって、四大卒の希望が叶えられることなどほぼない。

もともと活字志望で新聞や出版社を探した私も、女性の求人はほとんどなく、結局諦めて〝言葉〟という点のみでつながる放送局、それも女の顔と声が必要というアナウンサーを受けたことは前にも述べた。

殺到した人数数千人、NHKに入ることが出来たが、同期生は男性二十人、女性四人で女は彩りでしかなかった。

私と同年代で今、物書きとして活躍している人々は、最初は出版社や新聞社の編集者や記者だった人が多く、大学時代に芥川賞をとった大江健三郎さん位しか例外はない。大江さんは私より一年上だが、作家として出発し、就職の経験は一度もない。

NHKは大企業で各県ごとに支局があって、全体では約一万人余りの職員がいる。北海道から沖縄まで、三、四年ごとに転勤があり、男性アナなど、北の端から南の端まで転勤させられ、私の同期生で在職中に東京の土を踏んだ人は数人という厳しさである。一つの企業に入ったら、その命令に従わねばならないのは、あまりに苛酷《かこく》である。彼等は、意に染まぬ転勤にも番組の変更にも、そこで禄《ろく》を食《は》む限り、従わねばならない。妻子を養うために。

女性も今は全国各地へ男性と同様転勤するが、私が入ったときには、女性の任地は全国の七ブロックにある中央局といわれる大きい局だけであった。私が命ぜられたのは、名古屋局だった。

組織に管理されるのは大嫌いな私も、食べるためには就職せざるを得なかった。運よく入れただけでも好運だったかもしれない。私にとっては、最低限、自分一人を食べさせるのは大命題であった。経済的自立なしには、ほとんどの自由は勝ちとれないと思っていたから……。

それでも学生気分は払しょくされていず、東京から西へ転勤する同期生は皆、夜の同じ列車に乗ることにし、一番近い私は、淋しいのと深夜に着いてしまうという理由をつけて、一緒に大阪まで行って近鉄で名古屋に戻り、その行動から学生気分の抜けない駄目な奴と烙印を押されてしまった。

私の社会人としての第一歩は、自らの甘さから、とんでもないことになってしまったのだった。

日本の社会はよくも悪くも組織で成り立っている。組織とは切っても切れない社会の中でどうやって自己を確立するか、厳しく試されることになった。

組織に向く人、向かぬ人

入社後、二、三年は必死で仕事をした。赴任後すぐ五千人以上の死者、行方不明者を出した伊勢湾台風が来て、一年生の私も毎日現場に駆り出され、校庭で死体を焼く現場を中継し、一人残された子供と話して番組を作り、いやも応もなく夢中で日々を過ごさざるを得なかった。半年ほどは一日も休まず、組織の歯車であっても仕事の楽しさを見つけられることを知った。一年先輩に野際陽子さん（女優）がいたことも大きい。女性は二人しかいないため常に比較されたが、私は私でしかなく、野際陽子ではないと意識することから、私は個に気づいていった。当時から野際さんは女優になると言い、私は物書きになると言って、二人の目的は組織の中にはなかった。

私よりはるかに、野際さんの方が組織の中で生きることに向いていると私には思えた。彼女は長女で、弟や妹たちの面倒も見、大人でしっかりしていた。当然、局内の受けもよく、男性の先輩アナからのいやがらせも上手に受け流すコツを心得ていた。私にはそれが出来ない。管理されることが一番嫌いで、子供時代、体が弱かったせいで甘やかされて育っていた。

母は私を手放したがらず、私の精神的自立を妨げていた。ただ家を離れ二年間、寮で一人暮らしをしたことがよかった。転勤もそういう意味では面白く、仕事で旅をすることが私の外側への目をひらいてくれた。

「音楽バス」という催しでは、ＭＣと歌手とピアニストだけで地方へ行く。裸電球にたくさんの蛾《が》や虫の群がる部屋で同行のソプラノ歌手と恋人について語ったりし、友人も出来た。

東京に戻ってからはスタジオと自宅を往復する毎日にいいかげん飽きてきた。仕事はアナウンス室の室長やデスクが決定する。折角プロデューサーやディレクターから要望があっても私に届かぬこともしばしば。そんな中で私は、もともとの希望だった物書きになることを思いだした。こんなことをして、来る仕事、来る仕事をこなしているだけでは駄目になってしまう。世間的にはアナウンサーは人聞きは悪くない。慌ただしさに足をとられ、NHKという組織にからめとられていくことは私の本意ではなかった。

自分の人生は自分で摑みとらねば……。

考えた末に、私は十年単位で人生を区切ってみた。NHKという組織に入って十年になる前に辞めて独り立ちをする。私一人を養いつつ書く仕事を増やしていく。だからといって足元をおろそかにしてはいけない。まず身近にある仕事を懸命にやることが基本だ。そんな姿勢を見せていたせいもあって、私がやる仕事は、自分で言葉を考え、自分でスクリプトを書くものが多かった。書くことが好きときさつけた出版社からオファーも来た。新聞や雑誌のコラム、私は一つ一つに真剣にとり組んだ。

アナウンサーとはいえ、ジャーナリストの端くれならば、批判精神を持つことは必須だ。自分のいる組織についても、社会や政治、私たちを囲む環境についても。それはどんな企業でも同じである。

不思議なことに、組織に忠実な人ほど組織に呑みこまれ、自己を失くしていく。

組織の中で偉くなることばかり考えている人間は卑屈になり、媚《こ》びやお世辞ばかり。卒業後十年で早稲田のクラス会に参加すると、大きく二つに分かれていた。企業の顔になってそれが組織人だと信じこんでいる奴らと、組織との間で悩みながら個人を守ろうとしている人たちと。

「まさに、男の顔は組織の履歴書」なのだ。

組織という病

九年を終えたところで、私は翔《と》んだ。大組織を飛び出して一人で歩むことを選んだのだ。もちろん不安はあった。このまま我慢してNHKという組織にいれば安泰だった。何を好きこのんで危険に身をさらすのか。私自身の思いとは別に、他人は私がアナウンサーに向いていると思っていたし、多分人気も実力もあったと思う。しかし私には目的があった。何年かかってもいいから、自分の思うことを書いていく。本当はフィクションを書きたかったが、長いものの手始めにノンフィクションを書きはじめた。放送の仕事は短く、秒単位の時間ならカンでわかるが、長いものを書くための時間に自分が耐えられるか自信がなかった。

取材から完成まで三年、『鋼《はがね》の女《ひと》――最後の瞽女《ごぜ》・小林ハル』（集英社文庫）は、やれば出来るという自信を持たせてくれた。

だが書くだけで食べていくことは難しい。今までの仕事のオファーを受ければ食べていける。

Aテレビ局で人気のある番組のキャスターをという話が来て、私は誘いに乗った。

少しずつ書く仕事を増やしていく予定だった。しかし物事はそううまくはいかない。

私は手痛いしっぺ返しを食うのだが、一度たりとも後悔をしたことはない。

「あのままNHKにいればよかったのに」と言う友人たちもいたが、翔んでしまったら、落ちてもあとはなんとか両手をバタバタさせて舞いあがるしかない。

大組織の恐ろしさを知ることにもなる。

NHKから番組オファーが来る。すると二、三日ほどすると必ず断ってくる。番組が延びたとか、企画がなくなったとかいう理由だが、実際には、私が自分から辞めたことから、出演させないブラックリストに載ってしまったらしかった。その頃、女は結婚か出産でしか辞めなかったから、それ以外の辞め方は、大組織として許しがたいことだったのだろう。事情を知らないディレクターやプロデューサーが直接私に依頼しても、必ず上から横槍《よこやり》が入った。私がすんなりNHKに出られるようになったのは、ごく最近のことである。

初めて大組織の恐ろしさを知った。ごく最近もある女性の身の上に同じことがあった。組織に刃向うものへの一種の見せしめなのだろうけど、だからこそ私は辞めて正解だったと思っている。

ただ一つ困ったことがあった。それは、自分をしばってくれる他者がなくなったことである。自分で自分を管理しなければ、いつまでだって自堕落にしていられる。朝何時に起きようと夜どんなに遅くまで遊んでいようと、文句を言う人はいない。自分で自分をしばりつけておかねば仕事などしない。あんなに毛嫌いしたガチャンコ（タイムレコーダー）も懐かしくすらあり、自分で自分を管理する難しさ、他人から管理されることがいかにラクだったかを思い知らされた。ラクよりも自由が大事だったのでなんとかやってこられたが、ラクを選ぶ人が多くとも仕方がないかもしれない。

「長いものにまかれろ」「寄らば大樹の陰」。組織に忠実に悪事さえしなければ、エスカレーターで定年まで運ばれていく日本の終身雇用制。

欧米は能力によっていくらでもキャリアを積み、よりよき地位や仕事に転職出来る。頑張れば道はひらける。個人の能力次第なのだ。

下手に目立ったり能力を生かそうとしたりすると日本では、足を引っ張られる。にらまれれば窓際族になり、ウツになる人は多く、その挙句、有能だった人や個性的な人が辞めていく。

近年、大企業ほどウツや精神の病に侵され、長期に休む人が多いのをこの目で見てきた。これをしも「組織という病」と呼ばずして何と言う。組織が個人を侵しているのだ。

組織を辞めるということ

組織を辞めるのは、いくつかのパターンがある。一番当たり前なのが定年になって辞める場合。次に転職する場合、独立して個人として生きていく場合、そして何らかの理由でクビになった場合など、いくつかの場合が考えられる。女性の場合は、結婚、出産、子育ての段階で保育園が見つからない、親の介護など、切実な問題を含んでいる。

組織の中に入ると、かつては自ら辞める勇気がなくずるずる妥協しながら定年までいくケースが多かったが、最近はすぐ辞める人が多くなった。自分の希望と違う。条件がよくない。労働時間が苛酷などの理由だろうが、以前よりは職業の種類も増え、転職しやすくなったのかと思いきや、若者の貧困でいわれるように、ブラック企業で働くことになったりする。ハローワークでも思うような職は見つからない。

個々のケースで違うけれど、私は、三〜五年は一つのところで勤めてみることをすすめる。私の場合は十年という枠をつくって、九年で辞めたけれど、ちょっとやってみただけですぐ辞めることは、次の職業についても同じことになりかねない。

転々と職を変えてみてもキャリアにはならない。一つのところである程度実力をつけ、それを買いに来てくれる企業を見つけて変わるのが本当の転職で、いやだからといってすぐに変わるのは、〝職ころがし〟と私は呼んでいる。自分の中に積み重ねたものがないのだ。

組織に入ったら制約があるのは当たり前、我慢や忍耐が必要な場合もある。それを乗り越えると次の展開があるかもしれないではないか。ギリギリまで力を蓄えて次の段階に行かなければ、ただの徒労になる。

どの職場でも似たり寄ったりの部分はある。その中で自分をどう反映させ、仕事を楽しむかの知恵を身につけたい。

悪いのはすべて環境のせいで、環境を変えれば自分が変わると思っている人がいるが、私の経験では、環境を変えると自分が変わるのではなく、同じ場所でも自分を変えると環境がひらけてくる。私の場合も、自分の意に沿わずとも、同じ言葉の仕事なら言葉を選んで使うことを毎日心がけていたら、少しずつ環境がひらけ、活字への道も見えはじめた。

同期生に宮澤信雄という男性アナがいた。彼は硬派で、熊本に赴任し、そこで水俣病に出会った。報道を続けるうちにそれに打ちこみ、その後、転勤を拒否し熊本に居つづけた。彼のライフワークは、『水俣病事件四十年』という素晴らしい本に結実した。定年で辞めた後は宮崎に住み、熊本に通いつづけ、残念ながらガンで亡くなった。

私は彼の頑固さに拍手を送る。組織にいて、その中に呑みこまれず、自分の道を通した。出世など望まず、辛いことや組織からのいやがらせにも屈せず……。こんな生き方もあるのだ。私には出来ないが、それだけに尊敬してやまない。九州で仕事があると必ず彼と会って話をし、そのたびに教えられた。

かと思うと、組織を辞めた後も組織にしばられている人は多い。どこかのパーティーなどで出会うと、前の名刺だけど……と言いつつ「○○局長」だの「××部長」だのとかつての名刺をくれる。彼にとっては組織の肩書こそすべてなのだ。ボランティアだのあらゆる肩書を並べている人もいる。なぜ名前と住所だけで堂々と勝負出来ないのだろう。肩書は組織の中だけのもの、いつまでもつながれていてはみっともない。

こんな唄があった。

「昔の名前で出ています」

組織とは何か

さて、それでは私たちの頭上に覆い被さる組織とは何だろうか。その実体をつきとめないことには、人生を納得して送ることは出来ない。

私自身は大学を出て、ＮＨＫという大組織でしかも特殊法人という位置づけのあるところに九年間勤めたが、本人はあまり組織にいた意識がない。アナウンサーという個の色合いの強い職業だったことと、私自身が極力組織を意識しないようにつとめていたせいかもしれないが。

六十八歳になったとき、否応なく組織を考えざるを得ない事態に陥った。経済産業省の特殊法人だった日本自転車振興会の会長になることを頼まれたのだ。経産省の担当課長と組織の会長の二人に呼ばれて行ってみると、次期会長にと打診された。全く寝耳に水とはこのことで、一度は断った。しかしすでに閣議にもはかられているとかで、なんとか引き受けてほしいと頼まれた。小泉首相の当時のことだ。経産省の外郭団体なので、それまでは経産省の二、三番目の人の天下りするポストであり、そのときの会長も中小企業庁長官だった人である。

最も組織から遠いと思えるのに、なぜ私なのかときいてみた。次は民間人にする方針で、自転車振興会の評議員であった私に白羽の矢が立ったという。持ち前の好奇心から友人に誘われて競輪を見に行き、感想文などを書いたせいで、外部から意見を言って欲しいと言われて引き受けていたのだ。

曽野綾子さんが日本財団（ボートの公益法人）の会長を務めたことがあるので、女がいいということになったらしい。

半年間何度かの要請を受けた後で決意した。理由は女がトップになることは少なく、女性の社会進出に少しは役立つかもしれない。福祉や文化、世の中の必要なところに、競輪から上がってきたお金を補助金に使うことが出来る公的部分。そして必要とされたことが嬉しくもあった。

もう一つ個人的には、組織というものをこの機会によく知りたい思いがあった。物書きとしても組織がわからないと男が書けないと思っていた。組織人間たる男を描くには、組織そのものを現場で知る必要がある。結局引き受けた。

腰が引けたままはよくない。やるなら受け身ではなく、積極的にかかわって楽しんでやる。それが私のモットーだ。

周りは驚いたらしい。けれど私は自分で納得して引き受けた。責任は自分にある。私は自転車に乗れない。「自転車に乗れない自転車振興会会長」をうたい文句にし、四十七場ある競輪場すべてをまわり、女子競輪を立ち上げ、世界規模のベロドローム（自転車室内競技場）を修善寺に造った。それは四年後のオリンピックでも使われるはずだ。何よりも福祉に必要な金や、それまで見逃されがちだった文化——放送や音楽などの部門に補助金を回せたことが嬉しい。

内向きだった組織をなんとか外向きに、ＰＲ紙もＣＦも新しくした。職員の保守的な官僚体質も私から見たら信じられず、抵抗にあいながらも改革したつもりだ。オートレースと合併したＪＫＡという公益法人になり、公営競技として競馬などとともに健全に親しまれるものにするべく、三期六年間、頑張ったつもりだ。

実感したのは、最初に思った通り組織とは独り歩きをする化け物ではなく、個の連なりだということだった。

組織を作っているのは一人一人の個人なのだ。その個が生き生きしなければ、組織は腐る。少なくともそのことに気付いた個が何人いるかで、組織は変わる。極端にいえば一人でもいい。変革の意思を持つ人が数人の力を借りてやり始めれば、後の人はついてくる。現に組織など何も知らぬ私だから出来たことは大きい。組織に毒されていないからこそ個を認め、一人一人を適材適所にと考えることが出来た。

少なくとも私が六年間で得たものは、組織とは人であるという基本的な事実であった。

少し長めのあとがき

誰もが若者であった。私もその一人である。私が若者だった頃の早稲田大学の同級生二十人が赤坂に集った。「金龍」というかつての料亭で今は一般に使われている和風レストランである。

私の『家族という病』（幻冬舎）が昨年ベストセラーの新書の一位になり、その原点である『母の恋文』（KADOKAWA）が今年出たのを祝って、黒田夏子さんが企画してくれたのだ。黒田さんは三年前の第百四十八回芥川賞を七十五歳で受賞して話題になった。事務や校正の仕事で食べながら一筋に小説を書きつづけた姿勢に頭が下がる。

大学時代、唯一同じ匂いのする同級生で同人誌『砂城』を一緒にやっていた。というのはおこがましく、彼女は長い長い小説を紡ぎ、私はと言えば、詩を書く約束がついに何も書けずじまい。自分のふがいなさに内心忸怩《じくじ》たる思いである。

二十人中、女性は大体若者の頃の顔の片鱗《へんりん》を残しているが、男性は見事に職業の顔、あるいはその後の生き方ですっかり顔が変わってわからない。

私の隣に坂岡享子さんという大学で行動を共にしていた友人が坐った。その頃、私の書いていたものを憶えているという。「作為」という題で国文科の『稲波』という小冊子に書いたものである。いかにも当時の私の書きそうな気取った題だが、どんな内容だったのか。難解で、少し気味の悪いものだとしか彼女は憶えていない。

黒田夏子さんは当時の書いたものをすべて保存しているので調べてみると言って、後日、コピーをして送ってくれた。

「作為」と題された短編の一行目。

「首のない人間が川べりを歩いていた。

……」

一行目を見て仰天した。こんなものを書いていたのだろうか……。観念的で暗い心象風景は当時はまっていた卒論にも選んだ萩原朔太郎の影響だろうか。

黒田さんは、私があの時代にあんな事を考えていたのなら、さぞ孤独だったろうと、その文章を読んで言った。たしかに高校大学時代の私は孤独だった。誰にも理解されぬ心の内をもてあまし、どう表現してよいかわからず、出口のないまま懊悩《おうのう》していた。他人とうまくつながれず、自分の中に深く深く降りていき、ウツウツとしていた。

私には彼や彼女たちが無邪気に見え、自分一人で穴の中でもがきつづけていた。

そしてようやく物を書く事で、自己表現の手づるを摑みかけていたのである。

あのまま自分の心象風景をつきつめて書きつづけていたら、もっと早く自分の世界を見つけ、物書きとしての道に辿りついていたのではないか。

〝思えば遠くへ来たもんだ。〟なんというまわり道をして来たのだろう。ずっと自分には物を書く道しかないと、それをめざしていたはずが、大学を出て、自分で自分を養うためにアナウンサーという仕事に就き、そこで足をとられそうになると慌てて軌道修正した。

黒田夏子さんですら、私がアナウンサーの様な仕事が好きなのだと誤解していた。「物を書きたい」と言葉に出す事は恥ずかしく、自信がなかった。それでもＮＨＫを辞め、キャスターやら、組織の長などまわり道をしながら、一度も諦めた事はなかった。

方々からエッセイを頼まれる事も多く、出版社に言われるままに百冊近い本も出した。

少しずつ活字の割合が多くなっていったが、それは、他の分野で少しばかり名が知られて、書く事が好きだからであって、決して物書きとして認められたという事ではない事は、私自身が一番よく知っている。そこを間違えないように自らを戒めつつ、書く事を忘れた事も諦めた事もない。

そして七十代も終わりになって覚悟して自分をさらけだした本がベストセラーになった。今まではどこかきれい事だった。読者はそれを見事に見抜く。

間に合ってよかった。私は道草と大まわりをして初期の目的に辿りついた。あとは書いていくしかない。

「よくぞ見つけて下さいました」とは黒田夏子の芥川賞受賞の弁である。すべてをなげうち一筋に追い求めた黒田さんの自分を信じる力。

私にもあのままま っすぐ行く道もあったろうが、多分途中で挫折したであろう。

私にとって道草やまわり道は必須だったのだ。そこで足をとられそうになり、少しばかり器用なせいで必要とされると、いい気になりかけた事もある。しかし必ずもとに戻る事は忘れなかった。そしてようやく私は物書きとしてのスタート地点に立てた。これからが本当の勝負だ。もはや逃げ道はない。道草もまわり道も結局のところ逃げだったのではないか。

この先いくつまで生きるかわからないが、生きている限り書いていく。今が一番私らしくある事は、私自身がよくわかっている。

大学時代物を書いていきたいと願った原点に立っている。その意味でも私は若者である。若さとは言うまでもなく年齢ではない。私は今若者並みにみなぎってくるものを感じている。

感受性は若い頃が一番鋭いが、それを最も大切にしてきたおかげで、あまり変わってはいない。大切なのは方法論や知識よりも感性なのだ。

若者よ。年齢上の若者よ。いつまで若者でいられるかが勝負だ。

年齢上の若者をはるかに通り越して、肉体的にも精神的にも年を重ねても、みな昔は若者だったのだ。それを忘れてはいけない。

この本を、私はいわゆる若者に向けて書いたつもりはない。

かつて若者だった人たち、かつて若者であり、今又若者の頃の夢をとりもどした私自身に向けて書いたつもりである。

老境になったファウスト博士は、悪魔メフィストフェレスのささやきに乗って若さの秘薬を手に入れた――その一瞬のきらめきでもいいではないか。若さとはきらめきであり深い懊悩でもあるのだから。

『青春と読書』に〝若者よ、猛省しなさい〟と題して一年間連載したものをこのたび新書として上梓《じょうし》することになった。一年間様々な労をとっていただいた編集者の渡辺千弘さんと砂田明子さんに心からお礼申し上げる。

本書は、『青春と読書』内の連載「若者よ、猛省しなさい」(二〇一五年十二月号~二〇一六年十一月号)をもとに、加筆・訂正したものです。

下重暁子（しもじゅう　あきこ）
作家。早稲田大学教育学部国語国文学科卒業後、ＮＨＫに入局。女性トップアナウンサーとして活躍後、民放キャスターを経て、文筆活動に。公益財団法人ＪＫＡ（旧・日本自転車振興会）会長等を歴任。現在、日本ペンクラブ副会長、日本旅行作家協会会長。『家族という病』（幻冬舎新書）、『鋼の女　最後の瞽女・小林ハル』『老いの戒め』（集英社文庫）、『この一句　１０８人の俳人たち』（だいわ文庫）など著書多数。

集英社新書〇八六六Ｃ

若者《わかもの》よ、猛省《もうせい》しなさい

二〇一七年一月二二日　第一刷発行

著者……下重暁子《しもじゅうあきこ》
発行者……茨木政彦
発行所……株式会社集英社
東京都千代田区一ツ橋二―五―一〇　郵便番号一〇一―八〇五〇
電話　〇三―三二三〇―六三九一（編集部）
〇三―三二三〇―六〇八〇（読者係）
〇三―三二三〇―六三九三（販売部）書店専用

装幀……原　研哉
印刷所……大日本印刷株式会社　凸版印刷株式会社
製本所……加藤製本株式会社

定価はカバーに表示してあります。

© Shimoju Akiko 2017
ISBN 978-4-08-720866-5 C0295

造本には十分注意しておりますが、乱丁・落丁（本のページ順序の間違いや抜け落ち）の場合はお取り替え致します。購入された書店名を明記して小社読者係宛にお送り下さい。送料は小社負担でお取り替え致します。但し、古書店で購入したものについてはお取り替え出来ません。なお、本書の一部あるいは全部を無断で複写複製することは、法律で認められた場合を除き、著作権の侵害となります。また、業者など、読者本人以外による本書のデジタル化は、いかなる場合でも一切認められませんのでご注意下さい。

Printed in Japan

a pilot of wisdom

a pilot of wisdom

集英社新書　好評既刊

子規と漱石 友情が育んだ写実の近代
小森陽一　0854-F
高等中学の同窓生である正岡子規と夏目漱石。彼らが意見を戦わせ生まれた「写生」概念の成立過程を解説。

非モテの品格 男にとって「弱さ」とは何か
杉田俊介　0855-B
男が生きづらい現代、たとえ愛されず、承認されずとも、優しく幸福に生きていく方法を探る新男性批評！

淡々と生きる 100歳プロゴルファーの人生哲学
内田 棟　0856-C
田中角栄、佐藤栄作など著名人をレッスン、100歳の今も練習をするプロゴルファーの半生と信念を描く。

在日二世の記憶
小熊英二／髙賛侑／高秀美 編　0857-D
「一世」以上に運命とアイデンティティの問いに翻弄された「二世」50人の人生の足跡。近現代史の第一級資料。

中央銀行は持ちこたえられるか ―忍び寄る「経済敗戦」の足音
河村小百合　0858-A
デフレ脱却のため異次元緩和に邁進する政府・日銀。この政策が国民にもたらす悲劇的結末を示す警告の書。

〈本と日本史〉① 『日本書紀』の呪縛
吉田一彦　0859-D
当時の権力者によって作られた「正典」を、最新の歴史学の知見をもとに読み解く『日本書紀』研究の決定版！

チョコレートはなぜ美味しいのか
上野 聡　0860-G
微粒子の結晶構造を解析し「食感」の理想形を追究する食品物理学。「美味しさ」の謎を最先端科学で解明。

すべての疲労は脳が原因2 〈超実践編〉
梶本修身　0861-I
前作で解説した疲労のメカニズムを、今回は「食事」「睡眠」「環境」から予防・解消する方法を紹介する。

「イスラム国」はテロの元凶ではない グローバル・ジハードという幻想
川上泰徳　0862-B
世界中に拡散するテロ。その責任は「イスラム国」ではなく欧米にあることを一連のテロを分析し立証する。

安吾のことば 「正直に生き抜く」ためのヒント
藤沢 周 編　0863-F
昭和の激動期に痛烈なフレーズを発信した坂口安吾。今だからこそ読むべき言葉を、同郷の作家が徹底解説。

既刊情報の詳細は集英社新書のホームページへ
http://shinsho.shueisha.co.jp/